D1727349

CORTE DE AMOR

FLORILEGIO DE HONESTAS Y NOBLES DAMAS

LITERATURA

ESPASA CALPE

RAMÓN DEL VALLE-INCLÁN

CORTE DE AMOR

FLORILEGIO DE HONESTAS Y NOBLES DAMAS

Edición
Joaquín del Valle-Inclán

COLECCIÓN AUSTRAL

ESPASA CALPE

Primera edición: 20-VI-1942

Octava edición: 15-III-1994

—

© *Carlos del Valle-Inclán Blanco, 1942*

© *De esta edición: Espasa Calpe, S. A.*

—

Depósito legal: M. 37.929—1993

ISBN 84—239—7339—5

Impreso en España/Printed in Spain

Impresión: NOTIGRAF, S. A.

Editorial Espasa Calpe, S. A.

Carretera de Irún, km. 12,200. 28049 Madrid

ÍNDICE

CORTE DE AMOR

APÉNDICE

INTRODUCCIÓN

El título CORTE DE AMOR tuvo en vida de su autor cuatro ediciones. La primera en 1903, la segunda en 1908, la de 1914 que ya forma parte de la *Ópera omnia* con el número XI y la de 1922, también dentro de la *Ópera omnia*.

Las tres primeras ediciones mantienen el mismo contenido —*Rosita, Eulalia, Augusta, Beatriz*— con la diferencia, dejando aparte la dedicatoria, del prólogo *Breve noticia acerca de mi estética cuando escribí este libro,* que el autor colocó al frente de las ediciones de 1908 y 1914. Sin embargo, en la última edición en vida de Valle-Inclán, la publicada en 1922, aparecen cambios significativos. En primer lugar, el prólogo *Breve noticia...* es sustituido por el que Manuel Murguía había escrito para la edición de *Femeninas* (1895), aunque con algunas modificaciones. En segundo lugar, cambia el texto: las tres primeras historias, *Rosita, Eulalia* y *Augusta*, permanecen, pero en lugar de *Beatriz* —incluida ya en *Jardín Umbrío* (1920)—, la edición recoge dos producciones más antiguas de Valle-Inclán: *La Condesa de Cela* y *La Generala*.

El motivo de estos cambios se explica en la nota con que don Ramón decidió abrir el volumen. Al referirse a las «novelas breves de mis albores literarios», y, con evidentes resonancias cervantinas, a «un libro de cuyo nombre no quiero acordarme», Valle-Inclán hace una clara referencia a sus dos primeras obras: *Femeninas* (1895) y *Epitalamio* (1897). El prólogo de Murguía, a quien se refiere como «el viejo maestro con quien solía pasear», y que no se reeditaba desde 1909, refuerza esa indicación.

Tanto *Femeninas* como *Epitalamio* no habían vuelto, en vida de su autor, a editarse como tales. *Epitalamio* se convirtió definitivamente en *Augusta* y las seis historias de *Femeninas* se disgregaron en otros volúmenes: *Historias Perversas, Cofre de Sándalo, Jardín Novelesco, Jardín Umbrío*... a medida que Valle-Inclán modificaba y afinaba el orden y la selección de sus cuentos y novelas cortas.

Así, la última edición de CORTE DE AMOR viene a recoger, junto a textos posteriores como *Rosita y Eulalia,* parte de los dos primeros libros de Valle-Inclán. Si bien *Epitalamio* está reelaborado en *Augusta,* de las historias de *Femeninas* —*La Condesa de Cela, Tula Varona, Octavia Santino, La Niña Chole, La Generala y Rosarito*— solamente dos entraron a formar parte de CORTE DE AMOR, corriendo las demás diversa suerte: *La Niña Chole* se refundió en *Sonata de Estío; Rosarito* pasó a la colección de *Jardín Novelesco,* y posteriormente a *Jardín Umbrío,* mientras que *Tula Varona* y *Octavia Santino* no hallaron lugar en la *Ópera omnia*.

Podemos decir, pues, que CORTE DE AMOR, en su edición de 1922, cierra el ciclo de *Femeninas* y *Epitalamio,* recopilando algunas producciones de aquella literatura galante que don Ramón había cultivado en los primeros años de su carrera literaria, y además, fijando tanto el lugar que tendrían en el conjunto de la obra valleinclanesca como el texto, ya que la reescritura es una característica constante en el quehacer literario de Valle-Inclán.

No hay más que comparar la primera y la última edición de las *Sonatas,* o en el caso que nos ocupa, la versión de *La Generala* o *La Condesa de Cela* tal y como están en CORTE DE AMOR, con su presentación en *Femeninas* o *Cofre de Sándalo,* para apreciar notables variantes.

LAS HISTORIAS DE «CORTE DE AMOR»

Rosita

Se dio a conocer por vez primera como *La reina de Dalicam* en la revista madrileña *La vida literaria* el 20 de abril de 1899, después en *El Imparcial,* el 14 de julio de 1902, ya con el título de *Rosita,* y al día siguiente, con su antiguo título en la *Revista Ibérica.*

Basado en una anécdota galante, el matrimonio de una bailarina con un rey extranjero, es una muestra de humor y fina ironía. Resulta curioso —como si la realidad imitase a la literatura— que, años después, Valle-Inclán se viese envuelto con varios de sus amigos en los orígenes de las relaciones de una bailarina, Anita Delgado, y el maharajá de Kapurtala, con quien llegó finalmente a casarse.

Eulalia

Apareció discontinuamente entre el 18 de agosto y el 22 de septiembre de 1902 en el diario madrileño *El Imparcial.* Es el texto más tardío, y sin duda, la menos sensual y más trágica de las cinco historias que constituyen CORTE DE AMOR. Ambientada en Galicia, narra la separación de los amantes, Eulalia y Jacobo, con el fatal desenlace de la muerte —suicidio o accidente— de la heroína. El dramático final se acentúa por el contraste entre el cadáver de Eulalia —su cabellera flotando en el río· bajo la luz de la luna— y el alegre cantar del mozo que se aleja.

Los versos finales en gallego («Ya llega el tiempo de mazar el lino/ya llega el tiempo del lino mazar/ya llega el tiempo rapazas del Miño/ya llega el tiempo de desperezarse») tienen origen y estructura popular; este recurso, la inclusión de estrofas en lengua gallega, lo empleó Valle-Inclán en la mayoría de los poemas de *Aromas de Leyenda* (1907), así como en algunas narraciones: *Nochebuena* o *La Adoración de los Reyes,* de *Jardín Umbrío* (1920).

A veces son, sin ningún género de dudas, estrofas populares como «*Non che teño medo moucho*» o «*Como chove miudiño*», pero en otros casos, así como en este, no he encontrado una forma tradicional equivalente. Hay, en cambio, formas similares como la que recoge José Pérez Ballesteros en el *Cancionero popular gallego:* «*Este é o tempo d'estróupele estróupele,/este é o tempo d'estroupelear,/este é o tempo de maza-l-o liño,/este é o tempo de o mazar*» «Este es el tiempo del espadillado,/este es el tiempo de espadillar,/este es el tiempo de mazar el lino,/este es el tiempo de mazarlo.»)

Es difícil saber si los versos finales de *Eulalia* son una recreación de Valle-Inclán, siempre sobre una base popular, o si se trata de una variante, que don Ramón conocía por tradición oral.

Augusta

Publicada en 1897 como *Epitalamio (Historia de Amores),* apareció varias veces en prensa y librería, pero siempre bajo el título de *Augusta.* Es quizá la novela corta más inmoral —mejor sería amoral— de la serie. El tema no deja lugar a dudas: una madre casada, Augusta, que para tener a su amante, Attilio, siempre a su lado, decide usar como coartada el matrimonio de su hija Nelly con Attilio; añadamos que la hija es presentada con todos los rasgos de la inocencia y la ingenuidad.

Pero hay también otros elementos que la diferencian de las novelas cortas que componen CORTE DE AMOR. Por ejemplo, las referencias al mundo clásico que salpican el texto: «venus», «bacante», «vestal»..., creando una atmósfera propicia para convertir la acción en un nuevo rito pagano. Nótese la utilización de terminología religiosa asociada con el erotismo y el amor, recurso muy presente en las *Sonatas*, y que aquí refuerza el amoralismo de la obra. Augusta, que considera a la moral «la palma de los eunucos», que no padece de «escrúpulos cristianos que entristecen la sexualidad sin domeñarla», encanta sus amores con «divinas inmoralidades», practica la «divina ley del sexo», los amantes se poseen en «forma mística»...

Únicamente en *La Condesa de Cela,* refiriéndonos siempre al contenido de CORTE DE AMOR, se encuentra algo semejante: la imagen de la Catedral como la «eterna y sacrílega preparación para caer más tarde en los brazos del hombre tentador», los amantes se hablan con «ese acento sugestivo y misterioso de las confesiones», Aquiles guarda las cartas con «religioso cuidado»..., pero, desde luego, sin llegar nunca al nivel de *Augusta*.

La Condesa de Cela

Originalmente fue una de las historias de *Femeninas* (1895), y después pasó a llamarse *Final de Amores* cuando en julio de 1905 se publicó en la revista madrileña *Por esos Mundos.* Como todas ellas, tuvo diversas publicaciones, tanto en prensa como en librería, pero ya con su título original.

Valle-Inclán regresa al tema de la separación de los amantes, pero sin la carga trágica y emotiva de *Eulalia;* hay mucha más ironía en la descripción de los personajes, como si el mismo argumento se observase de una manera mucho más distante. Julia, la protagonista, es definida como alocada, de «condición tornadiza y débil», más preocupada de los convencionalismos sociales que de ninguna otra cosa. Sus relaciones, sus motivos para romper con el estudiante bohemio Aquiles Calderón carecen, empleando una frase del autor, de «vehemencia pasional». De hecho, los motivos que convertirán a la Condesa de Cela en una «mujer honrada» no se deberán a un arrepentimiento, sino al temor de que sus hijas se avergüencen de ella, o sean avergonzadas por su comportamiento, en el futuro.

La Generala

Es la más antigua de todas las historias que reúne CORTE DE AMOR. Se publicó en Méjico el 26 de junio de 1892 en el diario *El Universal* con el título de *El Canario.* Posteriormente se incluyó en *Femeninas* (1895), y muy reelaborada, apareció en 1903 como *Antes de que te cases,* para ser recogida luego en CORTE DE AMOR tras diversos avatares.

Eliane Lavaud-Fage ha demostrado que tiene su origen en una anécdota histórica que Ildefonso Bermejo publicó en el *Heraldo de Madrid* titulada *El cadete y el canario,* en 1891.

Como si quisiese enlazar con la primera de las novelas cortas, *Rosita,* aquí el autor retoma el tono humorístico, narrando la argucia de la joven esposa, Currita, quien, al ser sorprendida in fraganti por su marido, recurre a una divertida solución.

LOS CAMBIOS EN «CORTE DE AMOR»

Es casi imposible analizar en poco espacio las variaciones sufridas por las novelas cortas que forman este volumen. Valga como ilustración *Rosita*, que en su primera versión en prensa como *La reina de Dalicam,* apenas si ocupaba un par de páginas. Hay supresiones y adiciones de texto; modificación de diálogos; cambios en los tiempos verbales, particularmente corrige el uso del imperfecto de subjuntivo con valor de pluscuamperfecto de indicativo («heredara» en vez de «había heredado»), hecho muy frecuente en el castellano de Galicia, y del que se encuentran varios ejemplos en la obra; desaparición de los diminutivos, muy frecuentes en las primeras versiones, cambios de nombre en los personajes..., pero siempre mantuvo Valle-Inclán la estructura y el tono general del relato; el autor pule, mejora, redondea la historia, pero sin quitarle el aire juvenil con que aparecieron.

Hecha esta salvedad, podemos apreciar un factor común a través de todas las transformaciones: el modernismo de Valle-Inclán.

Don Ramón pretende trascender el universo literario que le rodea, crear una nueva forma de expresión, y para ello elabora una prosa rítmica, sonora, en la que tienen cabida diversos niveles de la lengua: arcaísmos y estructuras gallegas en *Augusta*, modismos andaluces en *Rosita*; términos acuñados por el autor, bien desde el francés como «aculotar», bien desde el castellano como «crestar» o «tardecina».

Esa prosa musical, altamente trabajada, pretende crear, tal y como explica el autor, un refinamiento y multiplicación de las percepciones, una nueva correspondencia entre ellas. Así, Valle-Inclán no duda en emplear adjetivaciones en apariencia contradictorias («caricia apasionada

y casta», «galantería íntima y familiar»), en asociar la terminología religiosa con el sensualismo y el amor, en re-
forzar el cromatismo de las descripciones con «montes
azules», «rosado vapor» o en emplear atrevidas metáfo-
ras que amplíen la sensibilidad y la percepción de la realidad del lector: «humo blanco y feliz», «huerto susurrante», como si sonidos, estados de ánimo, colores y formas
pudiesen fundirse en los nuevos conceptos de esa prosa
que la estética de don Ramón pretendía.

UNIDAD DE LAS NOVELAS BREVES
DE «CORTE DE AMOR»

Así presentadas a vuela pluma, cabe preguntarse qué
tienen en común, además de la estética modernista, estas
cinco historias, todas de épocas distintas, escritas a lo largo
de un período de diez años, 1892 a 1902, y que se muestran tan disímiles en apariencia. Pues bien, en primer lugar
el hecho evidente de sus protagonistas: todas son mujeres. Y protagonistas de un modo casi absoluto; puede decirse que llenan por completo la historia, que ocupan todo
el espacio, siendo los personajes masculinos un esbozo,
un fondo sobre el que destacan y muestran su compleja
personalidad.

La relación amorosa es claramente otro elemento en
común; todas lo tienen como base, pero conviene hacer
una precisión: el adulterio. Las cinco heroínas están ca-
sadas, y todas ellas, desde el amoralismo de Augusta, pa-
sando por los remordimientos de Eulalia, hasta los pruri-
tos sociales de la Condesa de Cela, todas ellas son
conscientes de su adulterio.

Y aquí don Ramón marca una diferencia con el cuento
finisecular, con la narración periodística y la novela corta

a la que este asunto no le era ajeno, pero que, con escasísimas excepciones, condenaba firmemente aquella transgresión. Las causas que, por lo general, aparecen en el cuento finisecular para que una mujer cometa adulterio son o bien de carácter económico (pobreza familiar, amante en mejor situación) o bien venganza en respuesta al comportamiento del marido (olvido, amoríos extramatrimoniales); nada de esto se halla en CORTE DE AMOR. Los personajes actúan por amor o por placer, siempre al margen de las normas establecidas.

Valle-Inclán, aunque no es el único, sí es un caso raro: ni denigra a sus heroínas, ni trata de moralizar con las desventuras que les ocurren. No hace juicios sobre su infidelidad, no emite moraleja alguna.

Así vemos que las cinco novelas cortas tienen todas un final abierto, o sea, la historia no recibe una conclusión definida, no se cierra; es el lector el que, tras haberle sido presentado un momento de las vidas de esas «gentiles damas», debe encontrarlo.

Por otra parte, todas estas novelas cortas mantienen una estructura muy similar; todas suceden en un breve lapso de tiempo, del atardecer a la noche, todas en un espacio reducido, aunque en *La Generala* esto puede ser más discutible; todas divididas en pequeños capítulos que funcionan casi autónomamente, como pequeñas estampas; de ahí que Valle-Inclán pudiera acortarlas o alargarlas según las necesidades de la publicación, o que pudiese utilizar fragmentos de las historias de CORTE DE AMOR en otras obras, como, por ejemplo, el diálogo entre la Madre Cruces y Eulalia que se halla también en *El Marqués de Bradomín* (1907).

Otro elemento importante, aunque no presente en *Eulalia*, es la introducción de la ironía y el humor en la literatura galante. Desde el mismo título, *Florilegio de hones-*

tas y nobles damas, es claro el propósito irónico del autor. Sin dudarlo, *Rosita* es una novela corta en clave de humor: diálogos chispeantes, agudezas, un monarca analfabeto al que se describe como «rey de las edades heroicas», y también lo es *La Generala,* la única tal vez que no va más allá de la anécdota divertida. Pero entre esos diálogos, esas agudezas, don Ramón satiriza el teatro de su época en la figura de Echegaray, la literatura que no le agrada, se burla de la retórica política y lanza invectivas al ejército.

La ironía también está presente en la descripción de la Condesa de Cela y sus amoríos, o en el trasfondo de las situaciones que nos cuenta. La romántica desesperación de Aquiles Calderón al ver quemarse las cartas de su amante, tiene un valor trágico hasta que el autor nos indica que esas cartas no son más que «fraseología trivial y gárrula», «patas de mosca», que la Condesa había escrito sin el menor sentimiento.

El trágico dolor de Aquiles adquiere una cierta connotación ridícula. Es el mismo efecto que produce la reacción de la Generala ante la efusión amorosa del cadete: «¡Mi vida!», exclama. «¡Payaso!», replica ella.

Parece que el autor quiere indicarnos la otra cara de los sucesos amorosos, que lo trágico se da la mano con lo risible, y al contrario: entre ingeniosidades y donaires, Augusta y su amante deciden el trágico destino de Nelly.

Cabría apuntar otros elementos como son las referencias a obras y autores literarios, hecho frecuente en la obra de Valle-Inclán y notorio en *La Generala,* los amantes se reúnen a leer una novela de Barbery d'Aurevilly; Attilio Pontanari es poeta, autor de los «Salmos Paganos», referencias a Aretino, y a lo largo de CORTE DE AMOR se hacen presentes la Comedia del Arte, Romeo y Otelo...

El esteticismo como protesta

Pero todo este mundo ¿es simplemente un ejercicio de preciosismo estilístico, o tiene un alcance mayor?

El autor se quejaba en el prólogo a CORTE DE AMOR de 1908 del rechazo que habían sufrido sus historias galantes debido a esa nueva sensibilidad, a ese «gesto desusado» que había en ellas: «*Augusta* no pareció bien al gran rastacuero de la *España Moderna; Rosita* escandalizó al pobre diablo que dirige *La Lectura...*» ¿Cuál fue la causa de este rechazo? ¿Era simplemente debido al estilo del autor, o también el contenido era determinante para su rechazo?

Dado el tiempo transcurrido, vale la pena recordar que si ahora el tema del adulterio, más concretamente del perdón de la adúltera, afortunadamente, no escandaliza a nadie, en la sociedad española de comienzos de siglo no sucedía tal cosa. Cuando *Epitalamio*, ahora *Augusta*, sale de la imprenta en 1897 fue, dentro de su escasa difusión, un auténtico escándalo. Sin ir más lejos, la horrorizada crítica de Clarín en *Madrid Cómico,* el 25 de septiembre de ese año: «En cuanto al cinismo repugnante que es el fondo de *Epitalamio,* no crea el autor que ha encontrado un estercolero nuevo.»

O por citar una opinión favorable a Valle-Inclán, la de Miguel Sawa, que le dirige una carta abierta en *Don Quijote* el 23 de abril y, tras saludar calurosamente la obra, recuerda al autor que «sé de mucha gente, en las cuales ha producido verdadera indignación la lectura de *Epitalamio* (...). En el ridículo índice figuran desde hace poco dos nuevos libros, *Genio y figura*, de Valera, y *Epitalamio*».

Creo que es necesario recordar que cuando, en 1892, tres años antes de *Femeninas,* y las historias de ese volumen plantean los mismos asuntos que CORTE DE AMOR, se estrenó *Realidad*, de Galdós, adaptación de su novela del mismo título, donde el protagonista, Orozco, perdona el adulterio de su esposa, la crítica teatral se indignó ante tan desusada solución dramática, y según recuerda Deleyto y Piñuela, hasta hubo parte del público que quiso arrancar las butacas para lanzárselas al actor por su deshonroso papel.

Joaquín Dicenta, bohemio, fundador de la revista *Germinal* y a quien no se le puede acusar de acomodaticio a los gustos de su época, en su drama *Juan José,* estrenado con gran éxito en 1895, obra realista, de denuncia, se inclina por un desenlace contrario al de *Realidad*, y la mujer infiel acaba estrangulada por el amante engañado.

En un mundo partidario del pundonor calderoniano, del honor lavado si no con sangre, al menos con la estigmatización de la adúltera, los temas que planteaban las novelas breves que forman CORTE DE AMOR eran una provocación y una crítica. Usando el modelo de la literatura galante, Valle-Inclán arremete contra un comportamiento frente al adulterio, muy arraigado en la sociedad española y en su literatura.

ESTA EDICIÓN

Las obras de Valle-Inclán están, por lo general, muy cuidadas tipográficamente, contando con la colaboración de dibujantes y pintores para embellecer sus obras. Esta devoción por las artes gráficas tuvo su mejor ejemplo en la edición de 1912 de *Voces de Gesta*. No escapan a este propósito las dos últimas ediciones de CORTE DE AMOR y, particularmente, la de 1922, en la que se basa la nuestra.

Así, en la cubierta, diseñada por Rafael Penagos, y en las páginas de respeto, hay una importante decoración, impresión en dos tintas, uso de caracteres de escritura... Comienza cada capítulo con grandes iniciales de fantasía; hay además viñetas, marmosetes y adornos tipográficos. El libro, en su aspecto formal, no queda, pues, fuera de las concepciones estéticas del autor.

A la presente edición, que sigue la última publicada en vida del autor, se le ha añadido, como apéndice, el prólogo *Breve noticia acerca de mi estética cuando escribí este libro,* tal y como apareció en la de 1914. Estas páginas sirvieron originariamente para el artículo titulado *Modernismo* (1902) y posteriormente formaron el prólogo al libro *Sombras de vida* (1903), por Melchor Almagro. Como verá el lector, Valle-Inclán explica su «fe modernista» y

lo que él entiende por modernismo, y dado el interés que
poseen tales declaraciones y la dificultad de acceso que
plantean, las hemos traído a esta edición, aunque en pu-
ridad pertenecen a la de 1914, donde, por el contrario,
no aparecía el prólogo de Murguía.

JOAQUÍN DEL VALLE-INCLÁN

CORTE DE AMOR

NOTA

En este libro están recogidas aquellas novelas breves de mis albores literarios, hace más de un cuarto de siglo, cuando amé la gloria. El viejo maestro con quien solía pasear en las tardes del invierno compostelano, escribió entonces las páginas liminares que aquí reproduzco, y que por primera vez aparecieron en un libro de cuyo nombre no quiero acordarme.

PRÓLOGO

Es el presente un libro que puede decirse, por entero, juvenil. Lo es por la índole de los asuntos, porque su autor lo escribe en lo mejor de la vida, porque ha de tenérsele por un dichoso comienzo, y, en fin, porque todo él resulta nuevo y tiene su encanto y su originalidad. Con él gozamos de un placer, ya que no raro, al menos no muy común, cual es el de leer unas páginas que se nos presentan como iluminadas por clara luz matinal, y en las cuales, la poesía, la gracia y el amor, esas tres diosas propicias a la juventud, dejaron la imborrable huella de su paso.

Primicias de una musa, eco apenas apagado de las sensaciones de un corazón abierto a las primeras emociones y a los desengaños, tienen cuanto necesitan para hacerlas amables a los ojos de los que, como ellas, son jóvenes, y gozan y sienten las mismas pasiones y sus veleidades, con alma pronta a comprenderlas en toda su intensidad. Tal es su mérito, y que nos hable de lo siempre eterno y siempre joven, en una nueva forma, bajo un nuevo aspecto y con un encanto original, entre fácil y risueño, aunque un tanto malicioso, propio de la manera de ser de su pueblo. Mas aquí ha de hacerse una salvedad: Al hablar de cuanto nuevo encierra este libro, lo mismo en el fondo que en la forma, claro es que se hace por modo relativo y no dando a entender que su autor se ha abierto una senda desconocida: Dícese tan solamente que es nuevo en el país en que ve la luz. Esta limitación en el juicio en nada le perjudica, porque, así y todo, el autor se nos presenta con personalidad propia, ya por lo genial de sus facultades, ya porque le hallamos siempre fiel a su raza y sentimientos que le son propios.

Bajo tan importante punto de vista ha de considerársele principalmente. Porque hijo de su tiempo, pero, asimismo, de muy antiguo linaje galaico, son en él manifiestas las condiciones especiales de los escritores del país. El sentimiento le domina, conoce la armonía de la prosa que aquí se acostumbra y no es fácil fuera: Prosa encadenada, blanda, cadenciosa, llena de luz; prosa por esencia descriptiva, y a la cual sólo falta la rima. Y no es esto sólo, sino que conforme con el espíritu ensoñador del celta, despunta los asuntos, no los lleva a sus últimos límites, levanta el velo, no lo descorre del todo, dejando el final —como quien teme abrir heridas demasiado profundas en los corazones doloridos— en una penumbra que permite al lector prolongar su emoción y gozar algo más de lo que el autor indica y deja en lo vago, y el que lee tiene dentro del alma.

Es esta condición especial que en nuestro amigo deriva de su raza, porque de su tiempo tiene lo que llamamos modernismo, y la nota de color viva, ardiente, sentida. En cambio es suya la frase elegante, armoniosa, llena de luz, que se desliza con gracia femenil, serpentina casi. Con todo lo cual, con lo que debe a la sangre y lo que le es personal, harto claramente define que es de los nuestros. Aunque quisiera ocultarlo, no podría. A todos dice que ha nacido bajo el cielo de Galicia. Hijo suyo, criado al pie de unos mares que tienen la eterna placidez de las aguas tranquilas, musicalmente la refleja toda en sus páginas, donde cree uno percibir, con el perfume de los patrios pinares y de las ondas que los bañan, los blandos rumores de la ribera natal.

Esto por lo que se refiere a lo exterior, porque en cuanto a su interior, o sea el alma del libro, no es menos nuestro el humor y el sentimiento lírico de estos relatos. Aparentemente parecen invención, pero pronto se ve que son realidades. No se necesita mucho para comprender que el autor se limitó a dejar que hablasen su corazón y sus recuerdos, permitiendo que desbordase —en la plenitud de sus años juveniles y de sus horas de pasión— lo que al acaso de la vida hiciera suyo.

Era imposible otra cosa. El ayer está para él tan cercano, que le domina. No tiene más que abrir los labios, y éstos balbucean los nombres queridos: Los lazos que le unieron a las mujeres amadas y a las que el azar puso en su camino, aún no están rotos del todo. De aquellas cuyo recuerdo dura la vida entera, o de las que apenas dejan impresión en el alma, guarda todavía, con el reflejo de la última mirada, la suave presión de los brazos amados. Las que fueron como escollo, y las que, igual a la hoja de una rosa, se dejaron llevar al soplo de los vientos matinales, siguen teniendo para él los mismos desdenes, o las mismas sonrisas. Diríamos que las sombras invocadas aún no se han desvanecido, y que pueden volver a tomar cuerpo y llenar las horas solitarias que siguen siempre a las horas llenas de pasión de una vida en su comienzo.

Por de pronto, y por lo que de sus heroínas nos refiere, las mujeres que recuerda fueron fáciles y crueles. Hembras y esfinges tal nos las describe, y así debieron aparecer a los ojos del que apenas si sabía del amor más que lo que va conociendo sucesivamente, y de las mujeres lo que le iban enseñando aquellas con quienes tropezaba.

¿Cómo extrañarse, por lo tanto, de la especie de unidad de pensamiento y de interés que domina en todo el volumen? Páginas arrancadas al libro de sus confesiones juveniles, un lazo más que estrecho las une y hace iguales. Como si tanto no bastase, es una la misma pasión que anima todos los cuadros, pasión viva, juvenil, un tanto libidinosa —hay que confesarlo— pero siempre poética, tanto en la fábula como en su trama, en la expresión de los afectos del mismo modo que en la armonía de la frase y en la aureola que los envuelve igual que un inmenso nimbo. Aunque no fuese más que por eso, éste sería un libro moderno, hijo de la hora actual y de las pasiones que asaltan al joven en sus primeros pasos, asediando su corazón con ímpetu diario. Sentimental, porque suena a veces como una queja, sabe Dios de qué dolores; romántico, aunque por modo novísimo, y femenino, puesto que no nos habla de otra cosa que de los lances a que da lugar el amor de las mujeres y de los afectos que inspiran. Y como ni el más breve espacio ha querido el autor que mediase entre el suceso de ayer y el contarlo hoy, de ahí que el relato conserve el calor de las cosas que acaban de pasar a nuestra vista, o dentro de nosotros mismos. Así, es patente en la rapidez de la acción y en los detalles, claros, precisos, movidos.

Diráse que así es forzoso que suceda en composiciones de la índole de las que forman este libro y en las cuales todo debe ser conciso e ir directamente a su fin; pero no es cierto. Los cuentos, tales como hoy se conciben y escriben —hijos de la moderna inquietud, y también de la escasa atención que el hombre actual quiere poner en semejantes cosas— son rápidos, convulsivos casi, más nervios que sangre y músculos, y en los cuales es visible la pretensión de encerrar en breve espacio todo un drama, no valen lo que aparentan, sino cuando están escritos por

*almas agitadas y que apenas tienen tiempo para dar cuer-
po a sus sueños, vida a sus creaciones, forma a lo pasaje-
ro que acaba de conmoverles. En tal suerte, se equivoca-
ría quien creyese que este libro es uno de los infinitos de
su índole, a que sólo la moda actual puede dar importancia. Todo lo contrario. Los que encierran estas páginas
son como pequeños poemas breves, alados, llenos de sentimiento, cosas de hombres y mujeres que pasan a cada
momento, pero que sólo tienen vida, fuerza y relieve cuando filtran, como quien dice, a través de un alma de poeta.
Por eso no resultan obra del que sigue un feliz ejemplo,
sino cosa propia, hijos de un temperamento. Los hubiese
escrito así, sin que antes hubiese conocido otros. Son cosa
suya, y solamente por sus cortas dimensiones se parecen
a los que nos da, con tan desdichada prodigalidad, el actual momento literario. En tal manera, que en cuestión
de cuentos, a pesar de ser tantos y tan distintos los que
se conocen, nuestro autor inventó un «nouveau frisson»,
como dicen los que más usan y abusan de los cuentos, los
franceses, nuestros maestros en éste y demás géneros literarios.*

*Dicho esto, consignado que el presente libro no es tan
sólo un dichoso comienzo y una segura promesa, sino el
fruto de una inspiración, dueña ya de las condiciones ne-
cesarias para alcanzar de golpe un primer puesto en la literatura del país, parece como que nada queda por aña-
dir y que debiera levantar la pluma. Así lo haría si mi
corazón me lo permitiera. ¿Mas cómo callar en líneas escritas al frente del libro del hijo, la grande, la estrecha
amistad que me unió a su padre? ¿Cómo no recordar al
viejo poeta olvidado, al alma pura, al íntegro carácter,
a aquel que llevó el mismo nombre y apellido que el autor
de este libro? Aún fue ayer, cuando, con el pie en el se-
pulcro, tendióme por última vez su mano, y hablamos de*

*las cosas que de tanto tiempo atrás nos eran queridas: La
patria gallega y la poesía que había encantado sus horas
solitarias. Sabía él que la Muerte le había ya tocado con
su dedo; mas no por eso se creía del todo desligado de
la tierra, que no pensase en su país y no se doliese de los
infortunios ajenos. ¡Él que los había conocido tan grandes! Duerme, duerme en paz, mi buen amigo; tu hijo sigue
la senda que le trazaste con el ejemplo de una vida honrada como pocas. Tu hijo recoge para ti los laureles que pu-
diste ceñirte y desdeñaste contento con la paz de la aldea.
¡Si tú pudieras verlo!*

*Nobleza obliga. Y el autor de estas páginas lo sabe bien.
Descendiente de una gloriosa familia, en la cual lo ilustre
de la sangre no fue estorbo, antes acicate que les llevaba
a las grandes empresas. Tiene un doble deber que cum-
plir. De antiguo contó su casa grandes capitanes y notables hombres de ciencia y literatura, gloria y orgullo de
esta pobre Galicia. Se necesita, pues, que continúe la no
interrumpida tradición y que, como los suyos, añada una
hoja más de laurel a la corona de la patria. Y yo, en nombre de tu padre, te digo:*

*—¡Hijo mío, cumple tus destinos y que las horas que
te esperan te sean propicias!*

M. MURGUÍA.

La Coruña, mayo de 1894.

ROSITA

I

Cálido enjambre de abejorros y tábanos rondaba los grandes globos de luz eléctrica que inundaban en parpadeante claridad el pórtico del «Foreign Club»: Un pórtico de mármol blanco y estilo pompeyano, donde la acicalada turba de gomosos y clubmanes humeaba cigarrillos turcos y bebía cócteles, en compañía de algunas damas galantes. Oyendo a los caballeros, reían aquellas damas, y sus risas locas, gorjeadas con gentil coquetería, besaban la dorada fimbria de los abanicos que, flirteadores y mundanos, aleteaban entre aromas de amable feminismo. A lo lejos, bajo la Avenida de los Tilos, iban y venían del brazo Colombina y Fausto, Pierrot y la señora de Pompadour. También acertó a pasar, pero solo y melancólico, el Duquesito de Ordax, agregado entonces a la Embajada Española. Apenas le divisó Rosita Zegri, una preciosa que lucía dos lunares en la mejilla, cuando, quitándose el cigarrillo de la boca, le ceceó con andaluz gracejo:

—¡Espérame, niño!

Puesta en pie apuró el último sorbo del cóctel y salió presurosa al encuentro del caballero, que, con ademán de rebuscada elegancia, se ponía el monóculo para ver quién

le llamaba. Al pronto el Duquesito tuvo un movimiento
de incertidumbre y de sorpresa. Súbitamente recordó:

—¡Pero eres tú, Rosita!

—¡La misma, hijo de mi alma!... ¡Pues no hace poco
que he llegado de la India!

El Duquesito arqueó las cejas, y dejó caer el monóculo. Fue un gesto cómico y exquisito de polichinela aristocrático. Después exclamó, atusándose el rubio bigotejo con
el puño cincelado de su bastón:

—¡Verdaderamente tienes locuras dislocantes, encan-
tadoras, admirables!

Rosita Zegri entornaba los ojos con desgaire alegre y
apasionado, como si quisiese evocar la visión luminosa de
la India.

—¡Más calor que en Sevilla!

Y como el Duquesito insinuase una sonrisa algo burlona, Rosita aseguró:

—¡Más calor que en Sevilla! ¡No pondero, la menos...!

El Duquesito seguía sonriendo:

—Bueno, mucho calor... Pero cuéntame cómo has
hecho el viaje.

—Con lord Salvurry. Tú le conociste. Aquel inglés que
me sacó de Sevilla... ¡Tío más borracho!

—¿Ahora estás aquí con él?

—¡Quita allá!

—¿Estás sola?

—Tampoco. Ya te contaré. ¿Tú temías que estuviese
sola?

El caballero se inclinó burlonamente:

—Sola o acompañada, tú siempre me das miedo, Rosita.

Se miraron alegremente en los ojos:

—¡Vaya, que deseaba encontrarme con alguno de Sevilla!

Rosita Zegri no podía olvidarse de su tierra. Aquella
andaluza con ojos tristes de reina mora, tenía los recuer-

dos alegres como el taconeo glorioso del bolero y del fandango. Sin embargo, suspiró:

—Dime una cosa: ¿Estabas tú en Sevilla cuando murió el pobre Manolillo?

—¿Qué Manolillo?

—¡Pues cuál va a ser! Manolo el Espartero.

El Duquesito hizo un gesto indiferente:

—Yo hace diez años que no caigo por allá.

Rosita puso los ojos tristes:

—¡Pobre Manolo!... Ahí tienes un hombre a quien he querido de verdad. ¿Tú le recuerdas?

—Desde que empezó.

—¡Mira que tenía guapeza en la plaza!

—Pero no sabía de toros.

—¡Pobre Manolillo! Cuando leí la noticia me pasé llorando cerca de una hora.

La sonrisa del Duquesito, que parecía subir enroscándose por las guías del bigote, comunicaba al monóculo un ligero estremecimiento burlón:

—No sería tanto tiempo, Rosita.

Rosita se abanicó gravemente:

—¡Sí, hijo!... Hay cosas que no pueden olvidarse.

—¿Fue tu primer amor, sin duda?

—Uno de los primeros.

El monóculo del gomoso tuvo un temblor elocuente:

—¡Ya!... Tu primer amor entre los toreros.

—¡Cabal!... ¡Cuidado que tienes talento!

Y Rosita se reía guiñando los ojos y luciendo los dientes blancos y menudos. Después, ajustándose un brazalete, volvió a suspirar. ¡Era todavía el recuerdo de Manolillo! Aquel suspiro hondo y perfumado levantó el seno de Rosita Zegri como una promesa de juventud apasionada. Para endulzar su pena se dispuso a saborear los confites que llevaba dentro de un huevo de oro:

—Anda, niño, tenme un momento el abanico. Daremos
una vuelta al lago, y luego volveremos al «Foreign Club».
¡Qué tragedias tiene la vida!

Metióse un confite en la boca, y tomando otro con las
yemas de los dedos, brindóselo al Duquesito:

—Ten. ¡No hay más!

El galán, con uno de sus gestos de polichinela, solicitó
el que la dama tenía en la boca. La dama sacóle al aire
en la punta de la lengua:

—¡Vamos, hombre, no te encalabrines!

II

Tuvieron que apartarse para dejar paso a una calesa con potros a la jerezana, pimpante españolada, idea de una bailarina, gloria nacional. Reclinadas en el fondo de la calesa, riendo y abanicándose, iban dos mujeres jóvenes y casquivanas, ataviadas manolescamente con peinetas de teja y pañolones de crespón que parecían jardines. Cuando pasaron, Rosita murmuró al oído del Duquesito:

—Ésas son las que ponen el mingo. ¿Las conoces?

—Sí... También son españolas.

—Y de Sevilla.

—¿No sois amigas?

—Muy amigas... Pero no está bien que me saluden a la faz del mundo. A ti mismo te permito que me hables como en nuestros buenos tiempos, porque aquí estoy de incógnito... De otra manera tendrías que darme tratamiento.

—¿Cuál, Rosita?

—De Majestad.

—Su Graciosa Majestad.

—¡Naturalmente!

Desde la orilla lejana, un largo cortejo de bufones y de azafatas, de chambelanes patizambos y de princesas locas,

parecía saludar a Rosita agitando las hachas de viento que
se reflejaban en el agua. Era un séquito real. Cuatro ena-
nos cabezudos conducían en andas a un viejo de luengas
barbas, que reía con la risa hueca de los payasos, y agitaba en el aire las manos ungidas de albayalde para las bo-
fetadas chabacanas. Princesas, bufones, azafatas, chambelanes, se arremolinaban saltando en torno de las andas
ebrias y bamboleantes. Todo el séquito cantaba a coro,
un coro burlesco de voces roncas. La dama cogió el brazo
del galán:

—Volvamos. No quiero lucirme contigo.

Y levantándose un poco la falda, le arrastró hacia
un paseo solitario. La orilla del agua fue iluminándo-
se lentamente con las antorchas del cortejo. Bajo la
Avenida de los Tilos, la sombra era amable y propicia. En los viejos bancos de piedra, parejas de enamorados hablaban en voz baja. El Duquesito de Ordax intentó
rodear el talle de Rosita Zegri, que le dio con el abanico
en las manos:

—Vamos, niño, que atentas a mi pudor.

Con la voz un poco trémula, el Duquesito murmuró:

—¿Por qué no quieres?

—Porque no me gustan las uniones morganáticas.

—¿Y un beso?

—¿Uno nada más?

—¡Nada más!

—Sea... Pero en la mano.

Y haciendo un mohín, le alargó la diestra cubierta de
sortijas hasta la punta de los dedos. El Duquesito posó
apenas los labios. Después se atusó el bigote, porque un
beso, aun cuando sea muy ceremonioso, siempre lo des-
compone un poco:

—¡Verdaderamente eres una mujer peligrosa, Rosita!

Rosita se detuvo riendo con carcajadas de descoco, que sonaban bajo el viejo ramaje de la Avenida de los Tilos, como gorjeos de un pájaro burlón:

—¿Pero oye, mamarracho, has creído que pretendo seducirte?

—Me seduces sin pretenderlo. ¡Ahí está el mal!

—¿De veras?... Pues hijo, separémonos.

La dama apresuró el paso. El galán la siguió:

—¡Oye!

—No oigo.

—En serio.

—Me aburre lo serio.

—Tienes que contarme tu odisea de la India.

Rosita Zegri se detuvo y volvió a tomar el brazo del Duquesito. Mirándole maliciosamente suspiró:

—Está visto que nos une el pasado.

—Debíamos renovarlo.

—¿Y mi reputación?

—¿Cuál reputación?

—Mi reputación de mujer de mundo. ¡Ni que fuese yo una prójima de las que tienen un amante diez años, y hacen las paces todos los domingos! Es de muy malísimo tono restaurar amores viejos.

El Duquesito puso los ojos en blanco, y alzó los brazos al cielo. En una mano tenía el bastón de bambú, en la otra los guantes ingleses:

—¡Ya estamos en ello, Rosita!... Y tú me conoces bastante para saber que yo soy incapaz de proponerte nada como no sea absolutamente correcto. ¡Pero la noche, la ocasión!

Rosita inclinó la cabeza sobre un hombro, con gracia picaresca y gentil:

—¡Ya caigo! Deshojemos una flor sobre su sepultura, y a vivir...

El Duquesito se detuvo y miró en torno:

—Sentémonos en aquel banco.

Rosita no hizo caso, y siguió adelante:

—Me hace daño el rocío.

—Sin embargo, en otro tiempo, Rosita...

—¡Ah!... En otro tiempo aún no había estado en la India.

El galán alcanzó a la dama y volvió a rodearle el talle, e intentó besarla en la boca. Ella se puso seria:

—¡Vamos, quieres estarte quieto!

—¿Decididamente, te sientes Lucrecia?

—No me siento Lucrecia, chalado... ¡Pero lo que pretendes no tiene sentido común!... ¡Aquí, al aire libre, sobre la hierba!... Ciertas cosas, o se hacen bien o no se hacen...

—¡Pero, Rosita de mi alma, la hierba no impide que las cosas se hagan bien!

Rosita Zegri, un poco pensativa, paseó sus ojos morunos y velados todo a lo largo de la orilla que blanqueaba el claro de la luna. Los remos de una góndola tripulada por diablos rojos, batían a compás en el dormido lago donde temblaban amortiguadas las estrellas, y alguna dama con la cabeza empolvada, tal vez una Duquesa de la Fronda, cruzaba en carretela por la orilla. Rosita se apoyó lánguidamente en el brazo del Duquesito.

—Cómo se conoce que eres hombre. ¡Todos sois iguales! Así oye una esas tonterías de que venimos del mono. ¡Vosotros tenéis la culpa, mamarrachos! A los monos también les parece admirable la hierba para hacerse carocas. Los he visto con mis bellos ojos en la India. ¡En achaques de amor, sois iguales!

Y la risa volvió a retozar en los labios de Rosita Zegri, aquellos labios de clavel andaluz, que parecían perfumar la brisa.

III

El Duquesito agitaba en el aire sus guantes y su bastón. Parecía desesperado:

—Rosita, en otro tiempo no eras tan mirada.

—¡Como que en otro tiempo aún no había estado en las tierras del sol, y no me hacía daño el rocío!

—Te desconozco.

—¿Cuándo has sabido leer en mi corazón? ¡Nunca!... Te dio siempre la ventolera por decir que te coronaba. ¡Ay qué pelma!

—¿Y no era verdad?

Rosita se detuvo rehaciendo en sus dedos los rizos lacios y húmedos de rocío que se le metían por los ojos.

—Como verdad, sí... Pero yo te engañaba solamente con algún amigo, mientras que Leré te ha engañado después con todo el mundo. ¡Suerte que tienen algunas! Ésa te había puesto una venda en los ojos.

El Duquesito de Ordax alzó los hombros, como pudiera alzarlos el más prudente de los estoicos:

—No creas... Únicamente que con el tiempo cambia uno mucho. He comprendido que los celos son plebeyos.

—Todos los hombres comprendéis lo mismo cuando no estáis enamorados.

—¡Hoy quién se enamora!

—¿También es plebeyo?

—Anticuado nada más.

Rosita se detuvo recogiéndose la falda, y miró al Duquesito con expresión burlona. Su risa de faunesa, alegre y borboteante, iluminaba con una claridad de nieve la rosa de su boca.

—Oye, en nuestros buenos tiempos la pasión volcánica debió ser el último grito. ¡Mira que has hecho tonterías por mí!

—¿Estás segura?

—¿De que eran tonterías? ¡Vaya!

La sonrisa del Duquesito hacía temblar el monóculo, que brillaba en la sombra como la pupila de un cíclope. Rosita se puso seria:

—¿Vas a negarlo? Si me escribías unas cartas inflamadas. Aún hace poco las he quemado. Todo era hablar de mis ojos, adonde se asomaba el alma de una sultana, y de las estrellas negras... ¿Te acuerdas de tus cartas?

El Duquesito dejó caer el monóculo que, prendido al extremo de la cinta de seda, quedó meciéndose como un péndulo sobre el chaleco blanco:

—¡Ay, Rosita!... ¡Si te dijese que todas esas tonterías las copiaba de los dramas de Echegaray! ¡Las mujeres sois tan sugestionables!

La mirada de Rosita Zegri volvió a vagar perdida a lo lejos, contemplando las ondas que rielaban. Sobre su cabeza la brisa nocturna estremecía las ramas de los tilos con amoroso susurro. Caminaron algún tiempo en silencio. Después Rosita fijó largamente en el Duquesito sus ojos negros, poderosos y velados. ¡Aquellos ojos adonde se asomaba el alma de una sultana!

—Oye, ¿cómo no estando enamorado eras tan celoso?

—Por orgullo. Aún no sabía que en amor a todos los hombres nos ocurren los mismos contratiempos.

—¡Ese consuelo no lo tengas, niño!

—¿Qué, no somos todos engañados, Rosita?

—No.

—¿Tú has sido fiel alguna vez?

—No recuerdo.

—¡Pues entonces!

Rosita le miró maliciosamente, humedeciéndose los labios con la punta de la lengua:

—Qué trabajo para que comprendas. ¿A cuántos engañé contigo? ¡A ninguno!... ¡Y a ti, preciosidad, alguna vez!... Ahí tienes la diferencia.

El Duquesito cogió una mano de Rosita:

—Anda, déjame que te bese la garra.

—No seas payaso... Dime, ¿y los versos que escribiste en mi abanico?

—De Bécquer.

—¡Habrá farsante!... ¡Yo que casi riño con Carolina Otero porque me dijo que ya los había leído!

—¡Tiene gracia!

—No puedes figurártelo. Porque al fin me confesó que no los había leído... Únicamente que Carolina no te creía capaz...

El Duquesito sonrió desdeñosamente, se puso el monóculo y contempló las estrellas. Rosita le miraba de soslayo:

—¡Yo no sabía que fueses tan temible!... ¿De manera, que la tarde aquella, cuando me enseñaste un revólver jurando matarte, también copiabas de Echegaray?

—La frase de Echegaray, el gesto de Rafael Calvo.

—Por lo visto, en la aristocracia únicamente servís para malos cómicos.

El Duquesito se atusó el rubio bigotejo con toda la impertinencia de un dandy:

—Desgraciadamente ciertos desplantes sólo conmueven a los corazones virginales.

Rosita suspiró, recontando el varillaje de su abanico:

—¡Toda la vida seré una inocente!

IV

Un grupo de muchachas alegres y ligeras pasó corriendo, persiguiéndose con risas y gritos. Entre sus cabellos y sus faldas traían una brisa de jardín. Era un tropel airoso y blanco que se desvaneció en el fondo apenas esclarecido, donde la luna dejaba caer su blanca luz. La dama se detuvo y alargó su mano, refulgente de pedrerías, al galán. Suspiraba sacando al aire el último confite, en la punta de la lengua, divino rubí:

—Aquí termina nuestro paseo. Encantada de tu compañía.

Y Rosita Zegri despedía al Duquesito de Ordax haciendo una cortesía principesca. El Duquesito aparentó sorprenderse:

—¿Qué te ha dado, Rosita?

—Nada. Veo la iluminación del «Foreign Club», y no quiero lucirme contigo.

—¿Te has enojado por lo que dije?

—No, por cierto. Siempre me había figurado eso...

—¿Entonces, qué?

—¡Entonces, nada! Que me aburre la conversación y prefiero terminar sola el paseo. Quiero ver cómo la luna se refleja en el lago.

—¿Te has vuelto poética?

—No sé...

—Luna, lago, nocturnidad...

—¡Qué quieres! Eso me recuerda las verbenas del Guadalquivir. En ciertos días me entra un aquel de Sevilla, que siento tentaciones de arrancarme por soledades. Te lo digo yo: El único amor verdad es el amor patrio.

El Duquesito no tuvo la osadía de reírse. Había oído lo mismo infinitas veces a todos los grandes oradores de España. Sin embargo, movió la cabeza en señal de duda:

—¿Dónde dejas el amor maternal, Rosita?

Rosita suspiró:

—Por ahí no me preguntes, hijo. Yo no he conocido a la pobrecita de mi madre. Tengo oído que ha sido una mujer de aquellas que dan el ole.

Y Rosita Zegri permaneció un momento con las manos en cruz, como si rezase por aquella madre desconocida que daba el ole. Bajo la luz de la luna fulguraba la pedrería de sus anillos en los dedos pálidos. El aliento del ondulante lago le alborotaba las plumas del sombrero. Distinguió un banco en la orilla del camino, y andando con fatiga fue a sentarse:

—¡Qué hermosa noche!...

—¡Y qué mal la aprovechamos!

El galán quiso sentarse en el banco al lado de la dama, pero ella tendió el abanico para impedírselo:

—¡Lejos, lejos!... No te quiero a mi lado.

El Duquesito se apoyó en el tronco de un árbol:

—Me resigno a todo.

La luna, arrebujada en nubes, dejaba caer su luz lejana y blanca sobre el negro ramaje de los tilos. Parecía la faz de una Margarita amortajada con tocas negras. Rosita entornó los ojos y respiró con lánguido desmayo:

—¡Qué agradable aroma! Ya empiezan a florecer las acacias. Me gustaría pasar aquí la noche.

—¿Y la humedad, Rosita? Recuerda que has estado en la India.

Rosita siguió abanicándose en silencio y mirando ondular el lago. A lo lejos cantaba un pescador de opereta, con los remos levantados, goteando en el agua, y la barca deslizábase sola, impulsada por la corriente. El pescador cantaba los amores tristes que riman con la luna. El pescador quería morir. Rosita suspiró, arreglándose los rizos:

—¡Ah!... Yo también.

Después volvióse hacia el Duquesito:

—Me da pena verte ahí como una estatua. Siéntate si quieres.

Y la dama hizo sitio al galán. En aquel momento tenía los ojos llenos de lágrimas que permanecían temblando en las pestañas. El Duquesito pareció consternado:

—¡Tú lloras!

Rosita parpadeó, sonriendo melancólica:

—Me dan estas cosas. Tú quizá no lo comprenderás.

El Duquesito se dejó ganar el corazón por aquella voz acariciadora, voz de mujer interesante y bella, que le hablaba al claro de la luna, ante el rielar de un lago, en el silencio de la noche:

—Sí, lo comprendo, Rosita. Yo mismo lloro muchas veces el vacío de mi vida. ¡Es la penitencia por divertirse demasiado, chiquilla!

—¡Ah!... ¡Si cuando yo me lancé hubiese encontrado un hombre de corazón en mi camino! ¡No lo quiso la suerte!

—Te hubieras divertido menos.

—Pero hubiera sido más feliz. Créeme, yo no había nacido para ciertas cosas. La vida ha sido muy dura conmigo. ¿Tú sabes la historia de aquel *clown,* que se moría de tristeza haciendo reír a la gente?... ¡Ah! ¡Si yo hubiese encontrado un hombre en mi camino!

El monóculo del Duquesito permanecía inmóvil, incrustado bajo la ceja rubia. Ya no sonreía:

—¿Y si encontrases, todavía, alguno en tu diapasón, Rosita?

—Puede ser que hiciese una locura.

—¿Una nada más? Para ti es muy poco. ¿De tus amantes antiguos no has querido a ninguno?

—De esta manera que sueño, no.

Y Rosita volvió a seguir con los ojos el cabrilleo de las ondas. Allá en el fondo misterioso, balanceábase la barca negra donde cantaba el pescador.

—¿Qué exigirías de ese amante ideal?

—No sé.

—¿Sería un Abelardo, un Romeo o un Alfonso?

—Lo que él quisiese.

—¿Y si pretendía ser el único?

Rosita Zegri se volvió gentilmente:

—¿Tienes alguno que proponerme?

El Duquesito no respondió, pero su mano buscó en la sombra la mano de Rosita, una mano menuda que íntima y tibia se enlazó con la suya. La dama y el galán guardaron silencio, mirando a lo lejos cómo la luna crestaba de plata las ondas negras. El Duquesito murmuró en voz baja, con cierto trémolo apasionado y ronco:

—Hace un momento, cuando tú me has llamado, iba pensando en dar un paseo solitario. También estaba triste sin motivo. Cruzaba por la Avenida removiendo en mi pensamiento recuerdos casi apagados. Aventando cenizas.

—¿Pensabas en mí?

—También pensaba en ti... ¡Y cuánta verdad, que muchas veces basta un soplo para encender el fuego! Tu voz, tus ojos, tu deseo de un amor ideal, ese deseo que nunca me habían confesado tus labios... ¡Si yo lo hubiese adivinado! Pero qué importa, si aun ignorándolo te quise como a ninguna otra mujer, porque yo no he querido a nadie más que a ti, y te quiero aún... Cuando me hablabas hace un momento, veía en tus ojos la claridad de tu alma.

Rosita le interrumpió riendo:

—¡Calla! ¡Calla!... Nada de citas.

—¿De citas?

—Sí... ¡De Echegaray, supongo!... ¡De los dramas de Echegaray!

El galán agitó los guantes, y un poco perplejo, miró a la dama, que reía ocultando el rostro tras el abanico. Y en aquellos labios de clavel andaluz, la risa era fragante, el aire se aromaba.

V

Tomó Rosita repentinamente el brazo del Duquesito, y le arrastró hacia el «Foreign Club». Caminaron un momento en silencio cambiando miradas. Rosita volvió a reírse:

—Parece que jugamos al escondite con los ojos.

El galán se detuvo, estrechando amorosamente en la sombra el talle de la dama, y buscando sus labios:

—Es preciso que volvamos a vernos.

Rosita rompió suavemente el cerco de aquellos brazos, y continuó andando:

—¡Niño, no me tientes! ¡El viaje a la India ha decidido para siempre de mi destino! Yo, con mil amores, vendría aquí todas las noches sólo por oírte.

—¿A pesar de la hierba?

—A pesar de la hierba. Tú no sabes cómo camelan el oído esas frases poéticas, apasionadas, tiernas... Los parlamentos de Echegaray... Pero no puede ser, no puede ser... ¡No puede ser!...

—¿Todo por ese viaje a la India?

—Todo... ¡Ay, chiquillo, si tú supieses lo que verdaderamente me animó a embarcarme para ese fin del mundo!... Yo que hasta en tierra me mareo.

Y naturalmente, como el Duquesito no sabía nada, Rosita se apresuró a contárselo:

—Pues, niño, únicamente ver leones y panteras en libertad. ¡Es de aquello que las fieras me encantan!

—A mí también... Ya lo sabes.

—¡Quita allá, gracioso!

—¿No hubo algún príncipe negro o amarillo que diese cacerías en tu honor?

—¡Todos los días! Los que nunca se dieron en mi honor han sido los leones y los tigres. Solamente he visto un elefante, y el infeliz se arrodillaba para que yo montase. ¡Calcúlate lo fiero que sería!

Y Rosita Zegri cruzaba las manos con trágico abatimiento. ¡Para eso había dejado su escenario de El Molino Rojo, y los amigos de París, y aquellas alegres cenas del amanecer, las adorables cenas que Rosita terminaba siempre saltando sobre la mesa del festín y bailándose sevillanas entre las copas rotas y las flores marchitas! ¡Qué tiempos! En Londres dijeron los lores que aquel cuerpo de andaluza era la cuna del donaire, y en París dijeron los poetas que las Gracias se agrupaban en torno de su falda, cantando y riendo al son de cascabeles de oro. Rosita, al oírlos, se burlaba. Sólo llevaban razón los novilleros de Sevilla: ¡Ella era muy gitana! Todas sus palabras tenían un aleteo gracioso, como los decires de las manolas. En el misterio de su tez morena, en la nostalgia de sus ojos negros, en la flor ardiente de su boca bohemia, vivía aquella quimera de admirar en libertad tigres y leones: Las fieras rampantes y bebedoras de sangre que hace tantos siglos emigraron hacia las selvas lejanas y misteriosas donde están los templos del Sol.

Cansada de correr mundo al son de sus castañuelas, volvía de la India sin haber visto, por parte alguna, ni tigres ni leones. Rosita, al recordarlo, cruzaba las manos y se desconsolaba con mucha gracia:

—A mí ya me parecía que esos animalitos no podían andar sueltos por ninguna parte. ¡Infundios que nos tragamos aquí! Todos esos tíos de los circos dicen que cazan los leones en las selvas vírgenes de la India. ¡Guasones! Chiquillo, estoy convencida de que son historias.

Hablaba con adorable alocamiento, entornando los ojos de princesa egipcia. Bajo sus pestañas parecía mecerse y dormitar la visión maravillosa del tiempo antiguo, con las serpientes dóciles al mandato de las sibilas, con los leones favoritos de cortesanas y emperatrices. Siempre riendo, riendo, proseguía el cuento cascabeleante de sus aventuras.

—Yo, para decirte la verdad, no pasé de Kilakua. Allí tuve que firmar los pasaportes a mi lord. Ya me tenía hasta más allá de la punta de los pelos. Con todo, el viaje me trajo la suerte. Creo que Dios quiso premiar mi resolución de mandar a paseo a un tío protestante. Esta sortija de la esmeralda, me la regaló el emperador del Japón cuando me casé.

Aquello era tan extraordinario, que el Duquesito dejó caer el monóculo:

—¡Diablo, qué cosas! Nada, ni la menor noticia.

—¿De veras?... ¡Pero si es imposible que no sepas!... Todas las ilustraciones han traído mi retrato. De España también me lo pidieron, pero no me quedaba ya ninguno. Me escribió aquel tío que vendía en Sevilla el agua de azahar. Puede ser que quisiese darme en un anuncio como Madama Soponcio. El hombre decía que era dueño de un periódico y me mandaba un número que traía a la familia real. ¡Daba pena verla, pobrecilla!

—Es preferible salir en las cajas de fósforos, ¿verdad?

—¡Y bien! Siquiera ahí sólo salen mujeres de aquellas que dan el ole.

—De aquellas que lo dan todo, Rosita.

—¡Quieres callar!... De otra manera renuncio a contarte mis aventuras...

Rosita Zegri se dio aire con el abanico. Sonreía recordando su historia. ¡Una historia maravillosa y bella!

—Pues verás...

Y se detuvo de pronto, soltando el brazo del galán. Por la Avenida de los Tilos adelantaba un hombre con ropaje oriental. Era negro y gigantesco, admirable de gallardía y de nobleza. Llegóse a ellos y saludó al caballero con leve sonrisa, al par amable y soberana. Rosita Zegri los presentó:

—Un amigo de Sevilla. Mi marido...

Y ante el gesto de asombro que hizo el Duquesito, se interrumpió riendo, con su reír sonoro y claro. Mordiéndose los labios, añadió:

—Mi marido, el Rey de las Islas de Dalicam.

Su Majestad, después de dudar un momento, dignóse tender al Duquesito una mano negra, fabulosa de oros y pedrerías: Parecía la mano de un Rey Mago. Sonrió el Duquesito, y con alarde de ironía se inclinó para besarla, pero la Reina de Dalicam interpuso su sombrilla llena de encajes:

—¿Qué haces, resalado? ¿No sabes que viajamos de incógnito?

Y bajo aquella mirada picaresca y riente, el Rey de Dalicam y el Duquesito de Ordax, se estrecharon las manos vigorosamente, muy a la inglesa. Rosita, como si la sombrilla fuese una alabarda, dio con el regatón un golpe en tierra:

—¡Al pelo, hijos!

VI

En los jardines del «Foreign Club», Pierrot y la señora de Pompadour, Colombina y Fausto, bebían cócteles y humeaban cigarrillos turcos. La bella Cardinal
y la bella Otero, como dos favoritas reales, se apeaban
de sus carrozas doradas, luciendo el zapato de tacón
rojo y la media de seda. Un loro mexicano gritaba en
el minarete del palacio árabe, y una vieja enlutada, con
todo el cabello blanco, acechaba tras los cristales, esperando al galán de su señora la princesa, para decirle
por señas que no podía subir. El enjambre de abejorros
y tábanos zumbaba en torno de los globos de luz eléctrica que iluminaban el pórtico del «Foreign Club»,
y sobre la terraza de mármol blanco, colgada de enredaderas en flor, la orquesta de zíngaros preludiaba en
sus violines un viejo minué de Andrés Belino. El Duquesito de Ordax quiso despedirse. La Reina de Dalicam le
retuvo:

—Quédate, niño. Quiero que intimes con mi marido.

Y al mismo tiempo, los dedos enguantados de Rosita
Zegri —primera de su nombre en la Historia de Dalicam—
buscaban algunos luises, prisioneros entre las mallas de
un bolsillo con cierre de turquesas:

—¡Todo mi caudal!... Vamos a jugarnos estos tres luises. Asocio vuestra suerte a la mía. ¡No olvidéis que cada
uno me adeuda un luis!...

Adivinando el sentido de aquellas palabras, Su Majestad el Rey de Dalicam mostró la nieve de los dientes
bajo el belfo opulento, y alargó su mano florecida de
piedras preciosas. Rosita depositó en ella sus tres luises
de oro:

—Duquesito, le dejaremos que los juegue.

El Duquesito se inclinó:

—La voluntad de un Rey es sagrada.

—Si continúas así, serás nuestro primer ministro.

Y con un mohín picaresco de los labios y de los ojos,
Su Majestad Rosita Zegri tomó asiento al pie de un árbol
iluminado con faroles. Después levantó la cabeza de rizos
endrinos y sonrió al Rey:

—Aquí esperamos.

El Rey le envió un beso con las yemas de los dedos, que
unidos imitaron apretado racimo de moras, y se alejó re-
posado y solemne. Rosita se volvió al Duquesito:

—¿Qué corazonada tienes?

—Ninguna.

—¿Perdemos o ganamos?

—No sé... Debiste advertirle que jugase los reyes.

—¡Pues tienes razón!

Por la carrera enarenada, siempre riendo tras los abanicos, llegaban las dos españolas de los pañolones de crespón y las peinetas de teja. Viendo todavía juntos a la Reina
de Dalicam y al Duquesito de Ordax, se hicieron un guiño
picaresco. ¡Qué noble indignación la de Rosita!

—¿Has visto? Se figuran que estamos en camino de po-
nerle otra corona a mi marido.

—No debes hacer caso.

—Naturalmente.

El Rey de Dalicam apareció bajo el pórtico del «Foreign Club». Desde lejos levantó los brazos y abrió las manos indicando que había perdido. Rosita puso los ojos tristes:

—¡Tiene la suerte más negra! ¡Ah! Tú no olvides que me debes un luis.

—Voy a tener el honor de devolvértelo.

—¡Ahora no! Pueden verte y creer que se trata de otra cosa. Te lo recuerdo porque estoy completamente arrancada. Nos hemos jugado la corona, y estamos en camino de jugarnos el cetro.

El Rey de Dalicam se acercaba lentamente, y el Duquesito de Ordax se puso en pie, esperando a que llegase para retirarse con la venia real. Era gentilhombre en la corte de España, y conocía el ceremonial palatino. Su Majestad, después de dudar breves momentos, le retuvo con un gesto, y de entre la faja con que ceñía su túnica de seda azul turquí, sacó varias fotografías hechas a su paso por París, en casa de Nadar. Tomó asiento bajo el árbol iluminado con faroles de colores, al lado de la Reina, y con un gesto expresivo que descubría el blanco de los ojos y el blanco de los dientes, ofreció uno de aquellos retratos al Duquesito. Antes de entregárselo, sin duda para hacerle más honor, descolgó el lapicero de oro que colgaba entre los tres mil dijes de su reloj, y silencioso y solemne lo depositó en manos de Rosita como si fuese el cetro de su reino. La andaluza, con el lapicero de oro entre los labios, alzó los ojos hacia las estrellas: Las consultaba. De pronto sacó al aire la roja punta de la lengua. Había sentido el aleteo de la inspiración, bajo la mirada amorosa de su dueño, aquel magnífico rey negro de las Islas de Dalicam, que, como los reyes de las edades heroicas, afortunadamente, no sabía escribir...

EULALIA

I

Larga hilera de álamos asomaba por encima de la verja
su follaje que plateaba al sol. Allá en el fondo, albeaba
un palacete moderno con persianas verdes y balcones cubiertos de enredaderas. Las puertas, áticas y blancas, también tenían florido y rumoroso toldo: Daban sobre la
carretera y sobre el río. Cuando Eulalia apareció en lo alto
de la escalinata, sus hijas, tras los cristales del mirador,
le mandaban besos. La dama levantó sonriente la cabeza
y las saludó con la mano. Después permaneció un momento indecisa: Estaba muy bella, con una sombra de vaga
tristeza en los ojos. Suspirando, abrió la sombrilla y bajó
al jardín: Alejóse por un sendero entre rosales, enarena-
do y ondulante. El aya entonces retiró a las niñas. Eulalia
salió al campo. Su sombrilla pequeña, blanca y gentil, tan
pronto aparecía entre los maizales como tornaba a ocul-
tarse, y ligera y juguetona, volteaba sobre el hombro de
Eulalia, clareando entre los maizales como una flor cortesana. A cada movimiento la orla de encajes mecíase y
acariciaba aquella cabeza rubia que permanecía indecisa
entre sombra y luz. Eulalia, dando un largo rodeo, llegó
al embarcadero del río. Tuvo que cruzar alegres veredas
y umbrías trochas, donde a cada momento se asustaba del

ruido que hacían los lagartos al esconderse entre los zarzales, y de los perros que asomaban sobre las bardas, y
de los rapaces pedigüeños que pasaban desgreñados, las-
timeros, con los labios negros de moras. Eulalia, desde
la ribera, llamó:

—¡Barquero!... ¡Barquero!...

Un viejo se alzó del fondo de la junquera donde ador-
mecía al sol. Miró hacia el camino, y cuando reconoció
a la dama comenzó a rezongar:

—Quedéme en seco... Apenas lleva agua el río... De ha-
berlo sabido...

Arremangóse hasta la rodilla, y empujó la barca medio
oculta entre los juncales. Eulalia interrogó con afán:

—¿Hay agua?

El viejo se detuvo. Con el rostro luciente de sudor, cobró
aliento:

—Paréceme que habrá.

Restregóse las manos y empujó de nuevo la barca, que
resbaló hasta la orilla y quedó meciéndose. Saltó a bordo
y previno los remos.

—Ya puede embarcar, mi señora.

Eulalia alzóse levemente la falda y quedó un momento
indecisa, como queriendo penetrar con los ojos la profun-
didad del río. Una onda lamió sus pies enterrados en la
arena de la ribera. El barquero atracó hincando un remo:

—No tenga miedo de mojarse, mi señora. El agua del
río no hace mal.

Eulalia, trémula y sonriente, le alargó una mano y saltó
a bordo. Sentíase mojada, y aquello le traía el recuerdo de
infantiles alegrías llenas de juegos y de risas. Suspirando por
el tiempo pasado, sentóse a proa, enfrente del barquero:

—¡Oh!... ¡Qué paisaje tan encantador!

En la tarde azul, llena de paz, volaban las golondrinas
sobre el río, rozando las ondas con un pico del ala, y los

mimbrales de la orilla se espejaban en el fondo de los re-
mansos, con vaguedad de ensueño. Eulalia miraba el re-
molino que hacía el agua en la proa de la barca, y sentía
una larga delicia sensual al sumergir su mano. El río dor-
mía cristalino y verdeante. El barquero bogaba con lentitud, y los remos, al romper el espejo del agua, parecía
como si rompiesen un encanto. Era el barquero un aldeano viejo, con guedejas blancas y perfil monástico. El viento, entrándole por el pecho, hinchaba su camisa y dejaba
ver un islote de canoso y crespo vello. Sus ojos glaucos
parecían dos gotas de agua caídas en la hundida cuenca.
Cuando la barca tocó la orilla, el viejo desarmó los remos,
y metióse en el río hasta media pierna. Un zagal, que llevaba sus vacas por el fondo de un prado, quedóse mirando a la blanca dama que venía sentada a proa. Eulalia puso
la enguantada mano en el hombro sudoroso del barquero, y saltó sobre la hierba, lanzando un grito femenil. Al
pronto quedó indecisa, buscando con los ojos el camino.
Luego abrió la sombrilla y decidióse a seguir una vereda
trillada por los zuecos de los pastores que, anochecido,
bajaban a la ribera por abrevar sus ganados. Era húmeda
y honda aquella vereda, perdida entre setos de laurel, con
turbios charcos y pasaderas bailoteantes. Una cuadrilla
de segadores pasó llenándola con los gritos de su lengua
visigoda. Eulalia sintió espanto de aquellos hombres cur-
tidos, sudorosos, polvorientos, que volvían en hordas de
la tierra castellana, con la hoz al hombro. Se apartó para
dejarles paso, y quedó inmovil sobre la orilla del camino
hasta que se perdieron a lo lejos. Entonces interrogó a un
zagal que segaba hierba:

—¿El molino de la Madre Cruces, sabes dónde queda?

El zagal levantó la cabeza y se quitó la montera:

—¿El molino de la Madre Cruces?... Allá abajo, conforme se va para San Amedio...

La dama sonrió levemente:

—¿Y para San Amedio, es camino por aquí?

—Es camino, sí, señora.

Eulalia siguió adelante. Ya iba lejos, cuando el zagal la llamó a voces:

—¡Señora!... ¡Mi señora! ¿Quiere que le muestre el molino?

La dama se volvió:

—Bueno.

—¿Y qué me dará?

De nuevo asomó una sonrisa en los labios tristes de Eulalia:

—Te daré lo que quieras.

El zagal cargó el haz de hierba y echó delante:

—Ha de saber que el molino de la Madre Cruces casi no muele. No lleva agua la presa.

Eulalia suspiró, distraída en sus pensamientos:

—Hijo, yo tengo poco grano que moler.

El zagal la miró con sus ojos de aldeano, llenos de malicias:

—Eso se me alcanza. La señora va a visitar al caballero que vino poco hace. Un caballero enfermo que toma los aires en el molino de la Madre Cruces.

Eulalia quedó sonriente y pensativa. Después preguntó al zagal:

—¿Tú le conoces?

—Conozco, sí, señora. También le tengo mostrado las veredas.

—¿Y qué hace en el molino?

—Pues toma los aires.

—¿No anda alrededor de las rapazas?

—Por sabido que andará. ¡Andan todos los caballeros!...

Soltó el haz de hierba en medio del camino y trepó a un bardal:

—¡Allí tiene el molino! ¡Mírele allí!

Eulalia se detuvo llevándose ambas manos al corazón, que latía como un pájaro prisionero. Del molino, entre higueras y vides, subía un humo ligero, blanco y feliz.

II

Es alegre y geórgica la paz de aquel molino aldeano,
con sus muros cubiertos de húmeda hiedra, con su puerta
siempre franca, gozando la sombra regalada de un cerezo. Feliz y benigna, la piedra gira moliendo el grano, y
el agua verdea en la presa, llena de vida inquieta y mur-
murante. Sentada ante la puerta, bajo la sombra amiga,
hila una vieja que tiene todo el cabello blanco. Las palomas torcaces picotean en la era llena de sol. El perro dor-
mita atado al cerezo. Hállase franca la cancela, y Eulalia
entra llamando:

—¡Madre Cruces!... ¡Madre Cruces!...

La vieja, con la rueca en la cintura, sale a encontrarla:

—¡Mi reina!... ¡Todos los días esperándola!

—¡Hasta hoy estuve prisionera!

—¡Pobre paloma!

La dama se detiene recelosa, mirando al perro, que hace
sonar la cadena y endereza las orejas:

—¿Muerde, Madre Cruces?

Aquella vieja recuerda otros tiempos, y parece llena de
feudatario respeto:

—No tenga temor, mi reina... Le tenemos atado.

—Puede romper la cadena.

—No tenga temor. ¡Quieto, *Solimán!*

El perro agacha las orejas y vuelve a echarse en el hoyo polvoriento, donde antes dormitaba. Las moscas acuden de nuevo, y con las moscas anda mezclado un tábano rojo y zumbador. La vieja exclama:

—¡Algo bueno anuncia!

—Yo creía que era de mal agüero, Madre Cruces.

—Mal agüero si fuese negro... Ese mismo lo vide antes.

Eulalia sonríe con incrédula tristeza, sentada en uno de los poyos que flanquean la puerta:

—¿Estás tú sola, Madre Cruces?

—Sola, mi reina... Ya llegará el galán que consuele ese corazón.

—¿Dónde ha ido?

—Recorriendo esos campos, paloma.

—Cuéntame, Madre Cruces... ¿Está triste?

—Menos lo estaría si tanto no recordase a quien le quiere.

—¿Tú comprendes que me recuerda?

—¡Claramente! Por veces éntrame pena cuando le oigo suspirar.

—No suspirará más tristemente que suspiro yo.

Los ojos de Eulalia brillan arrasados de lágrimas. La molinera deja quieto el huso entre sus dedos arrugados, y con ademán de abuela consejera se inclina hacia la dama:

—Pues hace mal mi señora. Siempre vale mejor que pene uno solo. Por veces, viendo triste al buen caballero, dígome entre mí: Suspira, enamorado galán, suspira, que todo lo merece aquella paloma blanca.

La vieja habíase levantado para entrar en el molino. Eulalia, al quedar sola, vuelve los ojos con afán hacia aquel camino de verdes orillas, largo y desierto, que aparece dorado bajo el sol de la tarde. En el fondo de los yerbales pacen las vacas, y sobre los oteros triscan las ovejas. La lejanía son montes azules con el caserío sinuoso, cándido y humilde de los nacimientos. La barca de Gondar comienza su lento pasaje entre las dos riberas, y la gente de las aldeas desciende por medio de los maizales dando voces al barquero para que espere. El río, paternal y augusto como una divinidad antigua, se derrama en holganza, esmaltando el fondo de los prados. La Madre Cruces reaparece en la puerta del molino, con la falda llena de olorosas manzanas.

—¿No quiere mi señora honrar esta pobreza?

Y colma el regazo de la dama, que sonríe encantada:

—¡Qué hermosas son!

—¡Una regalía! Todas del mismo árbol.

La Madre Cruces vuelve a sentarse, y en silencio hila su copo, porque los ojos de Eulalia miran siempre a lo lejos. La dama suspira:

—¡Cuánto tarda! ¡Cómo no le dice el corazón que yo estoy aquí!...

—¡El corazón es por veces tan traidor!

—¡El mío es tan leal!...

—¡Cuitado pajarillo!

—¡Hoy anochece más temprano, Madre Cruces!

—No anochece... Son los árboles que aquí hacen oscuro, mi reina.

—Si tarda no le veré.

—¡Mía fe no tardará! A esta hora ordeñamos la vaca y toma la leche conforme sale de las ubres.

La vieja había dejado la rueca para descolgar las madejas de lino puestas a secar en la rama de un cerezo. ¡Aquellas madejas de antaño, olorosas, morenas, campesinas, que las abuelas devanaban en los viejos sarillos de nogal! Después la Madre Cruces volvió a sentarse en el poyo de la puerta. Entre sus manos crece un ovillo. Eulalia, distraída, lo mira dar vueltas bajo aquellos dedos arru-

gados y seniles. La rosa pálida de su boca tiembla con una
sonrisa de melancolía:

—¡Déjame, Madre Cruces!

La Madre Cruces le cede el ovillo complacida:

—Antaño algunas madejas me tiene enredado. Apenas
si recordará.

—¡Me acuerdo tanto! Venía con mi abuelo. ¿Era tu padrino, verdad, Madre Cruces?

—Sí, mi reina... Padrino como cumple, de bautizo y
de boda... ¡Qué gran caballero!

—¡Pobre abuelo!

—Mejor está que nosotros, allá en el mundo de la
verdad.

—¡Si viviese no sería yo tan desgraciada!

—Nuestras tribulaciones son obra de Dios, y nadie en
este mundo tiene poder para hacerlas cesar.

—Porque nosotros somos cobardes... Porque tememos
la muerte.

—Yo, mi reina, no la temo. Tengo ya tantos años que
la espero todos los días, porque mi corazón sabe que no
puede tardar.

—Yo también la llamo, Madre Cruces.

—Mi señora, yo llamarla, jamás. Podría llegar cuando
mi alma estuviese negra de pecados.

—Yo la llamo, pero le tengo miedo... Si no le tuviese
miedo la buscaría...

La Madre Cruces suspira:

—¡No diga tal, mi reina! ¡No diga tal!

Y quedan las dos silenciosas y tristes, con la vaga tristeza de la tarde. Anochece, y las palomas torcaces vuelan
en parejas buscando el nido, y en la orilla del río canta
un ruiseñor. El cerezo de la puerta deja caer un velo de
sombra, y allá, sobre el camino solitario, tiembla el rosado vapor de la puesta solar. Rostro al molino viene un

pordiosero. Torna de recorrer las ventas, las rectorales y los pazos donde le dan limosna cada disanto. Es un aldeano zaíno y sin piernas. Desde hace muchos años va en un caballo blanco por aquellas viejas feligresías de Cela, de Gondar y de Caldeña. Su rocín pace la hierba de las veredas. Ante la cancela del molino el pordiosero se detiene y salmodia la letanía de sus penas. La Madre Cruces se levanta y le pone en las alforjas algunas espigas de maíz. El viejo, inclinado sobre el cuello de su caballo, reza. Es un rezo humilde y lastimero por las buenas almas caritativas y por sus difuntos.

III

Se oyó la zalagarda de los perros; el galán asomaba en lo alto del camino, y Eulalia, con amoroso sobresalto, la voz ahogándose en lágrimas, gritó:

—¡Jacobo! ¡Jacobo! ¡Que te espero!

Y sintiendo cómo las fuerzas le fallecían de amor, tuvo que sentarse. La Madre Cruces salió a la cancela, dando voces regocijadas:

—¡Señor!... ¡Llegue presuroso, señor!... ¡Mal sabe quién le visita!...

El galán aún venía lejos. Delante correteaban sus perros: Un galgo y un perdiguero con lujosos collares. Jacobo Ponte volvía de tirar a las codornices en los Agros del Priorato. Caminaba despacio, con las polainas blancas de polvo y el ancho sombrero de cazador derribado sobre las cejas para resguardarse del sol poniente. Los cañones de su escopeta brillaban. Eulalia, con los ojos arrasados, miraba hacia el camino, y temblaban sus lágrimas en una sonrisa. La Madre Cruces seguía clamando en el umbral de la cancela:

—¡Supiera el enamorado galán la buena ventura que le aguarda!... ¡Tal supiera mía fe, que alas deseara!...

Jacobo Ponte entró silbando a los perros, que se que-

daban en el camino, y horadaban los zarzales, de donde
salían algunos pájaros asustados. Vio a Eulalia bajo la
sombra del cerezo, y sonriendo se detuvo para entregar
su escopeta a la Madre Cruces, porque era muy medrosa
la dama y se asustaba de las armas. Entonces ella, suspirando, vino a su encuentro:

—¡Llegas cuando tengo que irme!...

Y echándole los brazos al cuello descansó la cabeza
sobre su hombro. Jacobo murmuró:

—¡Temí que no vinieses ya nunca!

Eulalia levantó los ojos:

—¿Has creído eso?

—Sí.

—¡Tú no sabes cómo te quiero!

Caminaban enlazados como esos amantes de pastorela
en los tapices antiguos. Los dos eran rubios, menudos y
gentiles. Ante una escalera de piedra que tenía frondoso
emparrado, se detuvieron. Jacobo oprimió dulcemente la
mano de Eulalia:

—¿Subimos?

Eulalia inclinó la cabeza:

—¡Es tarde!... ¡Tengo que irme!

Jacobo suplicó en voz baja, con ardiente susurro:

—¡Un momento! ¡Sólo un momento!

Se miraban en el fondo de los ojos, indecisos y son-
rientes. Después, cogidos de la mano, subieron en silencio la escalera y entraron a una sala entarimada de
nogal, con tres puertas sobre la solana, y ruinosa bal-
conada sobre el río. La luna esclarecía débilmente la
estancia. En la sombra del techo, grandes racimos de
uvas maduraban colgados de las oscuras vigas. Sobre
la rústica tracería de las puertas, estaban claveteadas
pieles de zorro. Allá en el fondo, bajo la tardecina
claridad que caía de dos ventanas guarnecidas por sen-

dos poyos de piedra, brillaba la madera lustrosa de una cama antigua. El aire traía gratos aromas aldeanos. Quiso Eulalia asomarse al balcón, y Jacobo la siguió:

—Espera... Puedes caerte...

Y se asomaron los dos dándose de nuevo la mano. Estaba derruida la balaustrada, y arriesgaron un paso tímido, para mirar el fondo de la presa donde temblaba amortiguado el lucero de la tarde. El agua salpicaba hasta el balcón. Quiso Eulalia acercarse más, y Jacobo la retuvo:

—Entremos.

Eulalia se volvió un poco pálida:

—¡Qué felices viviríamos los dos aquí!

Jacobo le cogió las manos:

—¡Si tú quisieses!...

Y ella suspiró, inclinándose la frente:

—¡Qué sería de mis pobres hijas!

Jacobo apartóse silencioso y sombrío. Después, sentado en el poyo de una ventana, murmuró con la cabeza oculta entre las manos:

—¡Siempre tus hijas!... ¡Las aborrezco!

Los ojos de Eulalia le buscaron en la mortecina claridad, llenos de amor y resignados:

—¿A mí también me aborreces?

Y se acercaba lenta y lánguida, con andar de sombra: Jacobo alzó la cabeza y sonrió levemente:

—También.

—¿Cómo a mis hijas?

—Igual.

Eulalia le forzó a que la mirase, posándole las manos en los hombros:

—¡Qué ogro tan salado eres!... Déjame que te vea. ¡Hace tan oscuro aquí dentro!

Y abrió la ventana, de donde volaron dos golondrinas. Jacobo se incorporó. Tenía un aire de grave cansancio, casi de abatimiento. Sobre su frente pálida temblaban algunos rizos húmedos de sudor. La sonrisa de su boca era triste y pensativa. Sus ojos de niño, azules y calenturientos, se fijaban en Eulalia:

—¿Cuándo vas a volver?

Ella le miró intensamente:

—No sé. Ahora estoy más presa que nunca. Mi marido lo sabe todo.

—¡Tu marido!... ¿Quién ha podido decírselo?

—Yo misma. ¡Estaba loca!

—Tu marido, ¿qué ha hecho?

—¡Llorar!... Es un hombre sin valor para nada. Jamás le hubiera confesado la verdad si creyese que podía haberte buscado.

Los labios de Jacobo perdieron el color, quedaron de una altanera lividez. Aquellos ojos infantiles cobraban de pronto el frío azul de dos turquesas. Bajo el rubio entrecejo asestaban la mirada duros y crueles como los ojos de un rey joven:

—¿Cuándo me has visto temblar, Eulalia?

Y su voz velada tenía nobles acentos de cólera y de tristeza. Eulalia se apresuró a besarle, desagraviándole:

—¡Nunca!... ¡Nunca!... Pero podía haberte matado por la espalda.

Jacobo sonrió bajo los besos de Eulalia, dejándose acariciar como un niño dócil y silencioso. Permanecieron en la ventana con las manos unidas y las almas presas en la melancolía crepuscular. Gorjeaban los pájaros ocultos en las copas oscuras de los árboles. Se oyó lejano el mugir de un buey, y luego el paso de un rebaño y la flauta de un zagal. Después todo se hundía en ese silencio campesino, lleno de paz, con fogatas de pastores y olor de establos. En medio del silencio resonaba la rueda del molino, y como un acompañamiento recordaba las voces caducas y temblonas de las abuelas sabidoras, que refieren consejas y decires, dando vueltas al huso, sentadas bajo el candil que alumbra la velada, mientras cae el grano y muele la piedra.

IV

Hablaban con las manos juntas, apoyados en el borde
de la ventana, bajo el claro de la luna. Se contaban su vida
durante aquellos días que estuvieron sin verse. Era un susurro ardiente, entrecortado de suspiros. Tenía la melancolía del amor y la melancolía de la noche. A veces quedaban en silencio y oían las voces de los pastores que
cruzaban el camino. Eulalia dijo:

—¡Qué tarde debe ser!... ¿Dejas que me vaya, Jacobo?

Jacobo inclinó la cabeza besándole las manos:

—¿Y cuándo volveremos a vernos?

—¡Quién sabe, amor mío!... Cuando pueda escapar-
me otra vez.

—¿Allá saben que has venido?

—Lo sospecharán.

—¿No temes nada?

—Nada.

—¿Que hará tu marido cuando vuelvas?

—Me tendrá más presa.

Aquella venganza indecisa y lejana transfiguraba su
amor, dándole un encanto doloroso y poético. Se apar-
taron de la ventana con una sonrisa triste los dos. An-
daban sin soltarse las manos, y sus sombras se desva-

necían lentamente en la oscuridad de la estancia. Jacobo
dijo:

—Eulalia, no vuelvas allá.

—¿Por qué?

—Porque te pierdo para siempre... Me lo dice el
corazón.

—¡Eso jamás!... Tendría que morirme.

—Quédate, Eulalia...

—¡No puedo, Jacobo! ¡No puedo!

—¡Eulalia, y que hayas sido tú misma nuestra delatora!

Eulalia suspiró:

—¡Estaba loca!... No podía seguir tejiendo mi vida
con hilos de mentiras. Se lo dije todo... ¿Recuerdas la
última tarde que nos vimos? Aquella tarde fue. Yo esperaba que al saberlo no querría verme más. Creí que nuestra casa se desharía para siempre. Muchas noches, des-
velada, ya tenía cavilado en ello... ¡Cuántas veces me
había consolado esa esperanza, al mismo tiempo que me
hacía llorar por mi pobre casa deshecha!... Yo viviría
retirada con mis hijas. Te vería a ti sin recelos, sin temores. ¡Pobre amor mío! Si tuve valor para decírselo,
fue por eso. ¡Jacobo, cómo nos equivocamos al pensar
lo que pasa en los corazones! Aquel hombre tan frío,
que aparentaba desdeñarme como a una niña sin juicio,
me quiere hasta la locura, Jacobo. ¡Me quiere más que
a sus hijas, más que a su madre, más que a todo el
mundo!

En el misterio de la sombra, la voz de Eulalia, empaña-
da en lágrimas, temblaba. Al fin los sollozos cubrieron
sus querellas. Pasó en el claro de la luna como un fantasma, y tornóse lenta a la ventana y quedó allí silenciosa
y suspirante, apoyada en el alféizar. Jacobo la siguió. Vol-
vieron a mirarse en silencio. La brisa pasaba murmura-
dora. El perro, atado a la puerta del pajar, ladraba a las

estrellas que palidecían en el cielo. Jacobo dijo temblándole la voz:

—Eulalia, es la última vez que nos vemos.

—No digas eso... Yo vendré siempre... Te juro que volveré... ¿No se escapan los presos de las cárceles?...

En los labios de Jacobo había una sonrisa doliente:

—¿Y sabes acaso si cuando vuelvas me hallarás?

Eulalia le asió las manos:

—Te hallaré, sí... ¿Por qué dices que no te hallaré?

Y quedó mirándole con tímido afán:

—Porque este amor nuestro, es imposible ya.

Ella murmuró temblando:

—¿Y qué quieres?

—Quiero que termine por bien tuyo y por bien de tu marido.

—¡Eres cruel!... ¡Eres cruel!...

Y sollozaba con angustia, los ojos puestos en Jacobo, que permanecía mudo y esquivo. De pronto Eulalia serenóse, enjugó sus lágrimas con fiereza y volvió a cogerle las manos hablándole desesperada y ronca:

—Jacobo, tú quieres que yo viva a tu lado. Tú no sabes que seríamos muy desgraciados... No debes sacrificarme lo mejor de tu vida. Eres un niño y tendrías demasiados años para arrepentirte... Yo tampoco merezco ese sacrificio.

Jacobo la miró con amargura:

—¡No quieras mostrarte generosa!

Ella repitió con duelo:

—¡No, no merezco ese sacrificio!...

Estaba pálida, temblaban sus manos y sollozaba con los ojos secos:

—Voy a causarte una gran pena... Pero siempre fui sincera contigo, y quiero serlo ahora en este momento lleno de angustia...

Jacobo murmuró temblándole la voz:

—¿Qué vas a decirme?

Eulalia le miró fijamente, quieta, severa y muda. Jacobo volvió a repetir:

—¿Qué vas a decirme?

Ella sonrió tristemente, parpadeando como si despertase de un mal sueño:

—¡Que tienes razón!... ¡Que este amor nuestro es imposible ya!...

—¿Te he dicho yo eso?

—¡Hace un momento me lo dijiste!

Jacobo se irguió violentamente:

—Perdona, lo había olvidado.

Eulalia, dominándose, se acercó a la ventana y miró el campo en silencio. Después, volviéndose hacia la estancia ya toda en sombra, comenzó a hablar con la voz apagada de un fantasma:

—Yo no quiero a mi marido... Creo que no le quise jamás... Pero de haber sospechado el dolor que había de causarle esta traición mía, ciega como estoy por ti, hubiera sido una mujer honrada...

Jacobo, desde el fondo de la estancia, gritó con fiereza:

—¡Calla!

Los ojos de Eulalia le buscaron en la oscuridad, con anhelo amoroso y cobarde:

—¡Jacobo!

Y los sollozos, estallando de pronto, velaron su voz. Jacobo volvió a gritar:

—¡Calla!

Ella se acercó lentamente:

—Jacobo, he querido en todos los momentos ser sincera contigo.

—¡Y tu sinceridad me mata! Déjame... Vete para siempre... Vete.

Eulalia quedó mirándole en éxtasis doloroso:

—¡Niño!... ¡Niño adorado!...

Ante aquella desesperación candorosa y juvenil, sentía ennoblecidos sus amores, y el dolor de Jacobo le daba estremecimientos, como una nueva caricia apasionada y casta. Jacobo la miró con rencor y con duelo:

—¡Te parezco un niño! Tienes razón, como un niño creí todas tus mentiras.

—Jacobo, no merezco ser tratada así.

Y se arrodilló, abrazándose a las rodillas de Jacobo:

—¡Mátame si quieres!

Jacobo sonreía con esa sonrisa triste y agónica de los desesperados. Pálido, trémulo, abatido, se pasó la mano por los ojos, ya falto de voluntad y de cólera:

—No sé matar, Eulalia, ya lo sabes. Yo sólo te digo adiós. Después de oírte siento que a tu lado ya nunca podría ser feliz... Tengo todas tus cartas, voy a dártelas...

Eulalia, sentada en el suelo, sollozaba. Jacobo, desde el fondo sombrío de la estancia, le arrojó las cartas, y, sin pronunciar una sola palabra, salió. Ella alzóse llamándole:

—¡Jacobo!... ¡Jacobo!...

Desolada, retorciéndose las manos, corrió de la puerta al balcón. Le vio alejarse seguido de los perros que saltaban acosándole con retozos. Atravesaba por medio de un linar ondulante, y las sombras negras de aquellos perros inquietos y ladradores, al claro de la luna, parecían llenas de maleficio.

V

El rumor de unas pisadas sobre el empedrado de la solana sobresaltó a Eulalia. Poco después, la Madre Cruces aparecía en la puerta alumbrándose con un farol:

—Mi reina, que más tarde no tendrá barca.

Eulalia suspiró enjugándose los ojos.

—¿Dónde ha ido Jacobo?

—¡Y quién lo sabe!

—¡Qué desgraciada soy, Madre Cruces!

La vieja intentó consolarla:

—Mi señora verá cómo las penas del querer luego se tornan alegrías. Entre enamorados todo es así. De las querellas salen las fiestas.

La vieja continuaba en la puerta, y Eulalia se levantó. Salieron en silencio. La Madre Cruces iba delante alumbrando. Era ya noche cerrada, y bajo el follaje de los árboles hacía completamente oscuro. Eulalia murmuró:

—¿Qué decías de la barca, Madre Cruces?

—Que presto se irá.

—¿Aún la alcanzaremos?

—Tal presumo, mi reina. Yo llévele al barquero aviso de esperar. No tenga zozobra.

Cruzaron presurosas el huerto susurrante y húmedo del rocío. La Madre Cruces dejó el farol sobre la hierba para abrir la cancela. Eulalia, con los ojos llorosos, contemplaba las ventanas: Les mandaba un adiós. Después salieron al camino:

—¿Cuándo volverá, mi señora?

—¡Ya nunca!

Y Eulalia se llevó el pañuelo a los ojos. La angustia entrecortaba su voz, y al mismo tiempo que combatía por serenarla, pasaban por su alma, como ráfagas de huracán, locos impulsos de llorar, de mesarse los cabellos, de gritar, de correr a través del campo, de buscar un precipicio donde morir. Sentía en las sienes un latido doloroso y febril que le hacía entornar los párpados. Caminaba sin conciencia, viendo apenas cómo el camino blanqueaba al claro de la luna, ondulando entre los maizales que se inclinaban al paso del viento con un largo susurro:

—¡Dios mío, no le veré más!... ¡Nunca más!...

Y el camino se lo figuraba insuperable a sus fuerzas, y su casa y sus hijas se le aparecían en una lontananza triste y fría. Toda su vida sería ya como un largo día sin sol. Caminaba encorvada al lado de la Madre Cruces:

—¡No le veré más! ¡Todo acabó para siempre!... ¡No ha querido ni conservar mis cartas, mis pobres cartas que yo escribí con tanto amor!...

Al cruzar los Agros del Priorato, las dos mujeres se detuvieron asustadas. Rompiendo por entre los maizales venían hacia ellos unos perros negros:

—¿Estarán rabiosos, Madre Cruces?

—No parece, mi señora.

Los perros llegaban con alegre zalagarda, y la Madre Cruces creyó reconocerlos. Los llamó, todavía insegura, con leve susto en la voz:

—¡Morito! ¡Solimán!

Los perros acudieron dando corcovos y ladridos. La vieja acaricióles:

—¿Dónde queda el buen amo, *Morito?*

Eulalia sollozó.

—¿Son los perros de Jacobo?

—Ellos son, mi reina.

—¿Y dónde está él?

—Pues no estará lejos.

Eulalia volvióse, y como perdida en la noche miró en torno, gritando con voz desfallecida, que repitió el eco en un castañar:

—¡Jacobo!... ¡Jacobo!...

Los perros la rodeaban retozones, queriendo lamerle las manos, que ella retiraba asustada:

—¡Jacobo!... ¡Jacobo!...

Saltando las cercas un hombre cruzó a lo lejos el camino y metióse entre los maizales. Eulalia gimió:

—¡Es él!

Desesperada quiso detener a los perros, que avizorados tomaban vientos. Lloraba intentando sujetarlos por los collares, y los perros lanzaban alegres ladridos. Oyóse lejos un silbido y se partieron corriendo, dejándola en abandono. Ronca y angustiada volvió a gritar:

—¡Jacobo!... ¡Jacobo!...

Y volvió a responderle el eco desde el temeroso castañar. Desfallecida se detuvo, asiéndose a la Madre Cruces, porque apenas podía tenerse. Estaba tan pálida, que la vieja creyó verla morir. La llamó asustada:

—¡Mi reina!... ¡Mi paloma!...

Y dejó el farol en medio del camino para poder llevarla hasta un ribazo, donde la hizo sentar. Eulalia abrió los ojos, dando un largo suspiro, y reclinó la frente sobre el hombro de la vieja:

—Madre Cruces, tú le hablarás siempre de mí.

—Por sabido, mi reina.

—Aun cuando no quiera oírte.

—Sí, paloma.

Por el camino pasaban dos arrieros a caballo. La Madre Cruces acudió a recoger su farol y tornóse adonde estaba Eulalia, que al verla llegar se alzó lánguidamente. Continuaron andando. La noche era calma y serena. Perdida en el silencio oíase la esquila de una cabra descarriada que buscaba su redil. Las luciérnagas brillaban inmóviles entre los zarzales del camino. Al bajar la cuesta de San Amedio comenzaba el lento marrullar de las aguas del río. Un ruiseñor cantaba en los mimbrales de la orilla, y las ranas cantaban en el fango de las junqueras, al borde de las charcas. El río brillaba bajo el cielo estrellado. La Madre Cruces llamó:

—¡Barquero!... ¡Barquero!...

El viejo saltó a la ribera:

—¿Qué hay? Es la señora. Si llego a presumir que sería tan luenga la tardanza, tiendo una red... ¡Mi alma si llego a presumirlo!

La Madre Cruces murmuró:

—¿Acaso son horas de pesca?

—Con la luna que hay, las mejores.

Eulalia tenía el pañuelo sobre los ojos. Muda y pálida adelantóse hacia la barca. Dejóse abrazar por la Madre Cruces y, sin una palabra, sin un gemido, en medio de un silencio mortal, embarcó. La Madre Cruces permaneció en la ribera. El barquero empuñó los remos y bogó. La barca se alejaba, y la Madre Cruces tornóse al molino con la zozobra de mirar si estaban recogidas las gallinas, porque hacía noches que el raposo andaba al acecho. Caminando a lo largo de la orilla, gritó:

—¡Adiós, mi reina!

Sentada en la proa de la barca, Eulalia lloraba en silen-

cio, y esparcidas en su regazo contemplaba las cartas que
Jacobo le había devuelto. La luz de la luna caía sobre sus
manos cruzadas, inmóviles y blancas como las de una
muerta, y más lejos temblaba sobre las aguas del río. Eulalia besó con amor todas sus cartas, y sollozando las arrojó en la corriente. En la estela de la barca quedaron flotando como una bandada de nocturnas aves blancas.
Eulalia entonces se inclinó, y sus lágrimas cayeron en el
río. El viejo barquero, doblándose sobre los remos, le
gritó:

—¡Cuidado, mi señora!

Y al erguirse de la bogada oyó un sollozo, y vio apenas
una sombra indecisa y blanca que caía en el río. Presuroso acudió a una y otra borda, sondando con los ojos en
el agua. Arrastrado por la corriente, en medio de la indecisa bandada de sus cartas, iba el cuerpo de Eulalia. La
luna marcaba un camino de luz sobre las aguas, y la cabellera de Eulalia, deshecha ya, apareció dos veces flotando. En el silencio oíase cada vez más distante la voz
de un mozo aldeano que cruzaba por la orilla, cantando
en la noche para arredrar el miedo, y el camino por donde
se alejaba aparecía blanco entre una siembra oscura. Y
era el del mozo este alegre cantar:

> ¡Ei ven o tempo de mazar o liño!
> ¡Ei ven o tempo do liño mazar!
> ¡Ei ven o tempo rapazas do Miño!
> ¡Ei ven o tempo de se espreguizar!

AUGUSTA

I

—¡Eres encantador!… ¡Eres el único!… Nadie como tú sabe decir las cosas. ¿De veras mi labios son estos tus versos?… Yo quiero que seas el primer poeta del mundo… ¡Tómalos!… ¡Tómalos!… ¡Tómalos!…

Y la gentil Augusta del Fede besaba al Príncipe Attilio Bonaparte, con gracioso aturdimiento, entre frescas risas de cristal. Después, rendida y feliz, volvía a leer la dedicatoria un tanto dorevillesca, con que el Príncipe le ofrecía los «Salmos Paganos». Aquellos versos de amor y voluptuosidad, que primero habían sido salmos de besos en los labios de la gentil amiga.

Era el amor de Augusta alegría erótica y victoriosa, sin caricias lánguidas, sin decadentismos anémicos, pálidas flores del bulevar. Ella sentía por aquel poeta galante y gran señor esa pasión que aroma la segunda juventud con fragancias de generosa y turgente madurez. Como el calor de un vino añejo, así corría por su sangre aquel amor de matrona lozana y ardiente, amor voluptuoso y robusto como los flancos de una Venus, amor pagano, limpio de rebeldías castas, impoluto de los escrúpulos cristianos que entristecen la sensualidad sin domeñarla. Amaba con la pasión olímpica y potente de las diosas desnudas, sin que el cilicio de la moral atarazase su carne blanca, de blanca realeza, que cumplía la divina ley del sexo, soberana y triunfante, como los leones y las panteras en los bosques de Tierra Caliente.

Bajo las frondas de un jardín real había sentido Augusta la seducción del Príncipe Attilio, y el capricho de amarle y de rendirle. No hubo esa larga y sutil seducción que prepara la caída. Como una princesa del Renacimiento, se le ofreció desnuda. Deseaba entregarse, y se entregó. Después aquellos amores llenaron con su perfume galante y sensual el sombrío palacio de una reina viuda. Fueron como las frescas y fragantes rosas pompadur, que crecían en el fondo de los jardines realengos, bajo las enramadas melancólicas. Augusta parecía hechizada por aquel Príncipe poeta, que cincelaba sus versos con el mismo buril que cincelaba Benvenuto las ricas y floreadas copas de oro, donde el Magnífico Duque de Médicis bebía los vinos clásicos loados por el viejo Horacio.

En los «Salmos Paganos» queda el recuerdo ardiente de aquella locura. El Príncipe Attilio Bonaparte admiraba la tradición erótica y galante del Renacimiento florentino, y quiso continuarla. Sus estrofas tienen el aroma voluptuoso de los orientales camerinos del Palacio Borgia, de los verdes y floridos laberintos del Jardín de Bóboli. Como un nuevo Aretino supo celebrar la pasión cínica y lujuriante con que Augusta del Fede encantaba sus amores. Los «Salmos Paganos» parecen escritos sobre la espalda blanca y tornátil de una princesa apasionada y artista, envenenadora y cruel. Galante y gran señor, el poeta deshoja las rosas de Alejandría sobre la nieve de divinas desnudeces, y ebrio como un dios, y coronado de pámpanos, bebe en la copa blanca de las magnolias el vino alegre y dorado, que luego en repetidos besos vierte en la boca roja y húmeda de Venus Turbulenta.

II

Augusta miró al Príncipe y suspiró deliciosamente.

—¡Mañana llega mi marido!

—¡Dejémosle llegar!

La dama hizo un delicioso mohín de enfado:

—¿De suerte que no te contraría?

Una sonrisa desdeñosa tembló bajo el enhiesto mostacho del Príncipe Attilio:

—Tu marido es el más sesudo despreciador de Otelo.

Augusta le miró un momento fingiendo enojo. Después se levantó riendo con risa picaresca y alocada:

—De Otelo y de ti.

Y alzando las holgadas mangas de su traje, enlazó al cuello del Príncipe los brazos desnudos, tibios, perfumados, blancos. El Príncipe rodeó el talle de Augusta, y ella se colgó de sus hombros. Con calentura de amor fueron a caer a un diván morisco. De pronto la dama se incorporó jadeante:

—¡Ahora no, Attilio!... ¡Ahora nø!...

Se negaba y resistía con ese instinto de las hembras que quieren ser brutalizadas cada vez que son poseídas. Era una bacante que adoraba el placer con la epopeya primitiva de la violación y de la fuerza. El Príncipe se puso en pie, clavó la mirada en Augusta, y tornó a sentarse, mostrando solamente su despecho en una sonrisa:

—¡Gracias, Augusta!… ¡Gracias!

—¿Te has enojado?… ¡Qué chiquillo eres! Si lo hago por la ilusión que me produce el verte así. ¡Todas las pruebas de que te gusto me parecen pocas!

Y graciosa y desenvuelta corrió a los brazos del galán:

—Caballero, béseme usted para que le perdone.

Quiso el Príncipe obedecerla, y ella, huyendo velozmente la cabeza, exclamó:

—Ha de ser tres veces: La primera en la frente, la segunda en la boca, y la tercera de libre elección.

—Todas de libre elección.

La voz del Príncipe tenía ese trémulo enronquecido, donde aun las mujeres más castas adivinan el pecado fecundo, hermoso como un dios. Breves momentos permanecieron silenciosos los dos amantes. Augusta, viendo las pupilas del Príncipe que se abrían sobre las suyas, tuvo un apasionado despertar:

—¡Qué ojos tan bonitos tienes! A veces parecen negros, y son dorados; muy dorados. ¡Cuánto me gusta mirarme en ellos!

Y con los brazos enlazados al cuello de su amante, echaba atrás la cabeza para contemplarle:

—¡Oh!… ¡Traidorcillos, a cuántas miraréis! ¡Ojos míos queridos!… Quisiera robártelos y tenerlos guardados en un cofre de plata con mis joyas.

El Príncipe Attilio sonrió:

—¡Róbamelos! Veré con los tuyos.

—¡Embusterísimo!

—¡Preciosa!

Inclinóse el Príncipe, y la dama juntó los labios esperando… Después entornó las pestañas con feliz desmayo, y pronunció sin desunir ya las bocas:

—¡Hoy no has de hacerme sufrir!

El Príncipe respondió en voz muy baja, con ardiente susurro:

—¡No, mi amor querido!

Augusta, que parpadeaba estremecida y dichosa, cobró aliento en largo suspiro:

—¡Ay!... ¡Cuantísimo nos gustamos!... ¿Sabes lo que estoy pensando, Attilio?... Quisiera que cuantos me han hecho la corte, sin conseguir nada, supiesen que soy tu querida.

El Príncipe sonrió levemente, y Augusta insistió mimosa:

—¡Jamás te halaga nada de lo que te digo!... Te quiero tanto, que me gustaría cometer por ti muchas, muchísimas locuras. ¡Ay!... No hallo ninguna nueva. Ya las hice todas...

Augusta reía tendiéndose sobre el diván, mostrando en divino escorzo la garganta desnuda, y el blanco y perfumado nido del escote. Sobre la alfombra yacían los «Salmos Paganos». ¡Aquellos versos de amor y voluptuosidad que primero habían sido salmos de besos en los labios de la gentil amiga!...

III

De pronto Augusta se incorporó sobresaltada. Una mano blanca donde lucían las sortijas, alzaba el cortinaje que caía en majestuosos pliegues sobre la puerta del salón. Augusta se inclinó para recoger el libro caído al pie del diván. Azorada y prudente murmuró en voz baja:

—¡Ahí está mi hija! Arréglate el bigote.

Nelly entró riendo, tirando de las orejas a un perrillo enano que traía en brazos. Su madre la miró con ojos vibrantes de inquietud y despecho:

—Nelly, no martirices a *Ninón*.

—Ya sabe *Ninón* que es broma. ¿Verdad que es broma, *Ninón?*

Y como el lindo gozquejo se desmandase con un ladrido, le hizo callar besuqueándole. Silenciosa y risueña fue a sentarse en un sillón antiguo de alto y dorado respaldo. El Príncipe la contempló en silencio. Ella, sin dejar de sonreír, inclinó los párpados, y quedaron en la sombra sus ojos, sibilinos y misteriosos como aquella sonrisa que no llegaba a entreabrir el divino broche formado por los labios. El Príncipe, mirándola intensamente como si buscase el turbarla, pronunció en voz baja, que simulaba distraída:

—¡Parece la Gioconda!

Oyendo al Príncipe, bajó los ojos donde temblaba un
miosotis azul. Augusta levantó los suyos, donde reían dos
amorcillos traviesos: Reclinada en la mecedora, agitaba
un gran abanico de blancas y rizadas plumas. Mecíase la
dama, y su indolente movimiento dejaba ver en incitante
penumbra la redonda y torneada pierna. Nelly se levantó
celerosa y le puso a *Ninón* en el regazo. Con gracia de niña
arrodillóse para arreglarle la falda. Después le echó los
brazos al cuello, dejando un beso en aquella boca estremecida aún por los besos del amante. La mano de Augusta, una mano carnosa y blanca de abadesa joven e infanzona, acarició los cabellos de Nelly con lentitud llena de
amor y de ternura:

—¡Es encantadora esta pequeña mía! Y usted, Príncipe, ¿por qué no cerraba los ojos?

—Hubiera sido un sacrilegio. ¿Sabe usted de algún santo
que los haya cerrado a la entrada del Cielo?

—Pero lo que no hacen los santos lo hacen los diablos.

Y Augusta estrechaba maternalmente la rubia cabeza
de su hija, al mismo tiempo que sonreía al Príncipe con
los ojos. Después se levantó llena de perezosa languidez,
apoyándose en ambos hombros de Nelly:

—Pasaremos un momento a la terraza. ¡Cuando se pone
el sol está deliciosa!

La terraza era un largo balcón con dos viejas esca-
linatas y gentiles arcos empenachados de hiedra. Durante
los estíos cambiaba de aspecto y aun de nombre, porque era muy bella la boca de Augusta para decir la solana, como hacían el señor capellán y los criados. Pero
llegadas las primeras nieblas de octubre, los señores
tornábanse a su palacio de la corte y el balcón recobraba
su aspecto geórgico y campesino: Las enredaderas que lo
entoldaban sacudían alegremente sus campanillas blancas
y azules; volvía a oírse el canto de las tórtolas que el

pastor tenía prisioneras en una jaula de mimbres; aspirá-
base el aroma de las manzanas que maduraban sobre las
anchas losas, y la vieja criada, que había conocido a
los otros señores, hilaba sentada al sol con el gato sobre
la falda.

IV

—¡Desde aquí, los celajes de la tarde son encantadores!...

Y la dama, con el abanico extendido, señalaba el horizonte. Estaba muy bella, detenida en la puerta del balcón, bajo el arco de flores que las enredaderas hacían. En el fondo de sus ojos reía el sol poniente con una risa dorada, aureolaban su frente las campanillas blancas, y las palomas torcaces venían a picotear en ellas deshojándolas sobre los hombros de Augusta como una lluvia de gloria. El Príncipe, olvidándose de Nelly, murmuró con lírico entusiasmo:

—¡No sabes todo lo bella que estás!

Nelly se volvió a mirarle con ojos llenos de asombro; pero ya Augusta le interrumpía riendo con su reír sonoro y claro:

—¡Príncipe!... ¡Príncipe!... Ese tuteo debe ser una licencia poética.

El Príncipe se inclinó:

—Ciertamente, señora, una licencia involuntaria. Por fortuna el ingenio de usted todo lo salva y todo lo perdona.

Los labios de Augusta se plegaron maliciosos:

—¡Qué hacer! ¿Ofenderme?... Si se tratase de Nelly, tal vez dudase si representaban ustedes una comedia.

—¡La Divina Comedia!

Las mejillas de aquella pálida y silenciosa Gioconda se tiñeron de rosa. Augusta, haciendo un delicioso mohín de horror, ocultó el rostro y la risa en el pañolito de encajes:

—¡Con qué cinismo confiesa!...

—¿Qué confieso?

—Sus intenciones perversas.

Atendía Nelly con una sonrisa casi dolorosa, deshojando las hiedras que alegraban la vejez de los balaustres. Augusta miró a su hija y le envió un beso. Después, olvidadiza y risueña, comenzó a desnudar de flores la vieja enredadera que entoldaba a la solana. Sus manos, aquellas manos ungidas para las silenciosas y turbulentas caricias, formaban un ramo de jazmines. Feliz y sonriente, arrancó con los labios un capullo y suspiró entornando los ojos para beber su aroma. La fragante campanilla en la boca de Augusta parecía un beso del abril galán.

Miraba al Príncipe al través del velo inquieto de las pestañas, y de tiempo en tiempo sacaba la lengua tentadora y divina, para humedecer los labios y la flor. Nelly clavaba en su madre aquellos ojos de aguamarina misteriosos y profundos, y se ruborizaba. En el fondo de sus pupilas brillaban dos lágrimas indecisas. Augusta se puso en pie y llamó a *Ninón.* El lindo gozquejo enderezóse velozmente, y Augusta, inclinándose sobre el hombro del Príncipe, lanzó por alto el jazmín, que *Ninón* atrapó en el aire. Sin dejar de reír dio una vuelta por la solana arrancando puñados de hojas y flores, que arrojaba sobre el Príncipe. Llegó al lado de Nelly y se detuvo. Nelly no se movió: Con mirada supersticiosa seguía los aleteos de un murciélago que danzaba en la media luz del crepúsculo. Augusta, apoyada en el hombro de su hija, descansó cobrando aliento: Reía, reía siempre. La respiración levantaba su seno en ola perfumada de juventud fecunda. Por momentos su cabeza desaparecía entre los verdes penachos de las enredaderas que columpiaba el aire. En el recogimiento silencioso de la tarde resonaba el coro glorioso de sus risas. ¡Salmo pagano en aquella boca roja, en aquella garganta desnuda y bíblica de Dalila tentadora!...

V

Augusta volvió al lado del Príncipe, e inclinándose pronunció velozmente:

—¿Estás triste?

La respuesta fue esa mirada sin parpadeos, intensa, que parece de rito en todo amoroso escarceo. Augusta buscó en la sombra la mano de su amante y se la estrechó furtivamente:

—¿Esta noche, quieres que nos veamos?

El Príncipe dudó un momento. Aquella pregunta, rica de voluptuosidad, perfumada de locura ardiente, deparábale ocasión donde mostrarse cruel y desdeñoso. ¡Placer amargo más grato que todas las dulzuras del amor! Pero Augusta estaba tan bella, tales venturas prometía, que triunfó el encanto de los sentidos y una ola de galantería sensual envolvió al poeta:

—¡Augusta, esta noche y todas!...

Y los dos amantes, sonriendo, tornaron a estrecharse las manos y se dieron las miradas besándose, poseyéndose, con posesión impalpable, en forma mística, intensa y feliz como el arrobo. Fue un momento, no más. Nelly volvió la cabeza, y ellos se soltaron vivamente. La niña se encaminó a la puerta de la solana, y

allí, dirigiéndose al poeta, preguntó con timidez adorable:

—¿Príncipe, quiere usted que, como ayer, ordeñemos
a la vaca, y que después bajemos a probar la miel de las
colmenas?

Augusta los miró sin comprender:

—¿Pero qué locura es esa? ¡Vaya una merienda de
pastores!

Nelly y el Príncipe cambiaban sonrisas, como dos ca-
maradas que recuerdan juntos alguna travesura. La niña,
sintiéndose feliz, exclamó:

—¡Tú no sabes, mamá!... Ayer lo hemos hecho así.
¿Verdad, Príncipe?

Sus mejillas, antes tan pálidas, tenían ahora esmaltes
de rosa. Se alegraba el misterio de sus ojos, y su sonrisa
de Gioconda adquiría expresión tan sensual y tentadora
que parecía reflejo de aquella otra sonrisa que jugaba en
la boca de Augusta. El Príncipe Attilio, apoyado en el alféizar, se atusaba el mostacho con gallardía donjuanes-
ca. A todo cuanto hablaba Nelly asentía inclinándose
como ante una reina, y sus ojos de gran señor permanecían fijos en ella, siempre audaces y siempre dominado-
res. Todavía quiso insistir Augusta, pero su hija, echándole los brazos al cuello, la hizo callar sofocada por los
besos:

—¡No digas que no, mamá! Ya verás como yo misma
ordeño a la vaca. El Príncipe me prometió ayer que con
ese asunto escribiría una «Égloga Mundana». ¿No dijo
usted eso, Príncipe?

Y Nelly, con aturdimiento desusado en ella, bajó al jardín dando gritos para que sacasen a la vaca del establo.
Augusta quedó un momento pensativa. Después, volviéndose a su amante, pronunció entre melancólica y risueña:

—¡Pobre hija mía!

El Príncipe Attilio hizo un gesto enigmático. Augusta seguía contemplándole con una vaga sonrisa en la rosa fragante de su boca. Lentamente, en el fondo de los ojos pareció nacerle una luz como si hubiese en ellos dos lágrimas rotas. Tomó una mano del Príncipe y le llevó al otro extremo, allí donde la hiedra entrelazaba sus celosías más espesas. Caía la tarde, quedaba en amorosa sombra el nido verde y fragante que recamando el balcón habían tejido las enredaderas. El follaje temblaba con largos estremecimientos nupciales al sentirse besado por las auras, y el dorado rayo del ocaso penetraba triunfante, luminoso y ardiente como la lanza de un arcángel. Aquella antigua solana, con su ornamentación mitológica cubierta de seculares y dorados líquenes, y su airosa balaustrada de granito donde las palomas se arrullaban al sol, y su rumoroso dosel que descendía en cascada de penachos verdes hasta tocar el suelo, recordaba esos parajes encantados que hay en el fondo de los bosques antiguos: Camarines de bullentes hojas donde rubias princesas hilan en ruecas de cristal.

Augusta murmuró suspirando:

—¡Qué tristeza tener que separarnos!... ¡Oh! ¡Qué bien dices tú en aquellos versos! «¡No hay días felices, hay solamente horas felices!»

El Príncipe Attilio interrumpió vivamente:

—¡Augusta, no me calumnies!

Augusta repuso con ligereza encantadora:

—Yo lo he aprendido de tus labios, y para mí será siempre tuyo...

Se estrechó a él cubriéndole de besos, y murmuró en voz muy baja:

—¿Te he dicho que mi marido llega mañana? ¿No te contraría a ti eso...? Para mí es la muerte. ¡Si tú supieses cómo yo deseo tenerte siempre a mi lado! ¡Y pensar que si tú quisieses...! ¿Di, por qué no quieres?

—¡Si yo quiero, Augusta!

Y murmuró quedo, muy quedo, rozando la oreja nacarada y monísima de la dama:

—Pero temo que tú, tan celosa, te arrepientas luego y sufras horriblemente.

Augusta quedóse un momento contemplando a su amante con expresión de alegre asombro:

—¡Estás loco! ¿Por qué había yo de arrepentirme ni de sufrir? Al casarte con ella me parece que te casas conmigo...

Y riendo como una loca, hundía sus dedos blancos en la ola negra que formaba la barba del poeta, una barba asiria y perfumada como la del Sar Peladam. El Príncipe pronunció con ligera ironía:

—¿Y si la moral llama a tu puerta, Augusta?

—No llamará. La moral es la palma de los eunucos.

El Príncipe quiso celebrar la frase besando aquella boca que tales gentilezas decía. Ella continuó:

—¡Pues si es la verdad, corazón!... Cuando se sabe querer, esa vieja está muy encerrada en su convento...

El Príncipe reía alegremente. Hallaba encantadora aquella travesura de Colombina ingenua y depravada y aquella sensualidad apasionada y noble de Dogaresa.

—Este verano se arregla todo... Os casáis en mi oratorio. Si es preciso yo misma os echo las bendiciones, canto la misa y digo la plática.

Habíase sentado en las rodillas de su amante y hablaba con el ceño graciosamente fruncido:

—Si la novia no te gusta, mejor. Te gusto yo, y basta. ¡Como que por eso te casas!

—No, si la novia me gusta.

—¡Embustero! Quieres darme celos. ¡Quien te gusto soy yo!

—Pues por lo mismo que me gustas tú. ¡Es una derivación!...

—No seas cínico, Attilio. ¡Me hace daño oírte esas cosas!

—¡Eres encantadora, y única!... ¡Ya estás celosa!...

—¡No tal!... Comprende que eso sería un horror. Pero no debías jugar así con mis afectos más caros.

—No jugaré ni haré la conquista de ese inocente corazón.

—¡Si ya lo tienes conquistado, ingrato!... ¡Es la herencia!...

Y reían, el uno en brazos de otro. Después Augusta musitaba con susurro ansioso, caliente y blando:

—¿Verdad que eso de que te gusta lo dices por desesperarme?

Entraba Nelly en aquel momento, y Augusta, sin dar tiempo a la respuesta del poeta, continuó en voz alta, con ese incomparable fingimiento que hace de todas las adúlteras actrices adorables:

—¿No preguntaba usted por Nelly? Aquí la tiene usted. Digo, usted no la tiene, todavía es de su madre...

Nelly miraba al Príncipe y sonreía. El enigma de su boca de Gioconda era alegre y perfumado de pasión como el capullo entreabierto de una rosa. Augusta murmuró maliciosamente mientras acariciaba los cabellos de su hija:

—Oiga usted un secreto, Príncipe... Tengo prometidos a la Virgen los pendientes que llevo puestos si me concede lo que le he pedido.

—¡Oh, qué bien sabe usted llegar al corazón de las Vírgenes!

Augusta interrumpió vivamente:

—¡Calle usted, hereje!... Búrlese usted de mí, pero respetemos las cosas del Cielo.

Y hablaba santiguándose para arredrar al Demonio. A fuer de mujer elegante, era muy piadosa, con aquella devoción frívola y mundana de las damas aristocráticas. Era el suyo un cristianismo placentero y gracioso como la faz del Niño Jesús. El Príncipe, sin apartar la mirada de Nelly, pero hablando con Augusta, pronunció lenta e intencionadamente:

—¿Se puede saber lo que le ha pedido usted a la Virgen?

—No se puede saber, pero se puede adivinar.

—Tengo para mí que pronto cambiarán de dueño los pendientes.

Y callaron, mirándose y sonriéndose.

VII

Entró en el huerto una zagala pelirroja, conduciendo del ronzal a la *Foscarina,* la res destinada para celebrar la Égloga Mundana, aquel nuevo rito de un nuevo paganismo. Nelly descendió corriendo los escalones de la solana y acercándose a la vaca comenzó por acariciarle el cuello:

—¡Príncipe, mire usted qué mansa es!

La vaca se estremecía bajo la mano de Nelly, una mano muy blanca que se posaba con infantil recelo sobre el luciente y poderoso yugo. Nelly levantó la cabeza:

—¿Pero no bajan ustedes?

Entonces Augusta interrumpió el coloquio que a media voz sostenía con el Príncipe:

—¡Hija mía, a qué cosas obligas tú a este caballero!

Y sonreía burlonamente, designándole con un ademán de gentil y extremada cortesía. El Príncipe Attilio inclinóse a su vez y ofreció el brazo a la dama para descender al huerto. En lo alto de la escalinata, bajo el arco de follaje que entretejían las enredaderas, se detuvieron contemplando los dorados celajes del ocaso. El Príncipe arrancó un airón de hiedra que se columpiaba sobre sus cabezas:

—¡Salve, Nelly!... Ya tenemos con qué coronar a la *Foscarina.*

Al mismo tiempo unía los dos extremos de la rama, temblorosa en su alegre y sensual verdor. Augusta se la quitó de las manos:

—Yo seré la vestal encargada de adornar el testuz sagrado.

Miró al Príncipe, y sacudió la cabeza alborotándose los rizos y riendo:

—Usted no dudará que sabré hacerlo.

Por recatarse de Nelly adoptaba un acento de alocado candor, que, velando la intención, realzaba aquella gracia cínica, delicioso perfume que Augusta sabía poner en todas sus palabras. Había hecho una corona con el ramo de hiedra, y la colocó sobre las astas de la *Foscarina*. Después se volvió a Nelly:

—¿No tiene más lances la Égloga Mundana?

Nelly permaneció silenciosa. Sus ojos verdes, de un misterio doloroso y trágico, se fijaban con extravío en el rostro de Augusta, que supo conservar su expresión de placentera travesura. La sonrisa de Gioconda agonizaba dolorida sobre los castos labios de la niña. Augusta cambió una mirada con el Príncipe. Al mismo tiempo fue a sentarse en el banco de piedra que había al pie de un castaño secular. El Príncipe se acercó a Nelly:

—¿Quiere usted que bajemos al colmenar?...

Nelly pronunció con una sombra de melancolía:

—¡Yo quería ordeñar la vaca para que usted probase la leche como ayer!

Augusta murmuró, reclinándose en el banco:

—¡Pues ordéñala, hija mía, la probaremos todos!

Nelly se arrodilló al pie de la vaca. Su mano pálida, donde ponía reflejos sangrientos el rubí de una sortija, aprisionó temblorosa las calientes ubres: Un chorro de leche salpicó al rostro de la niña, que levantó riendo la cabeza:

—¡Míreme usted, Príncipe!

Estaba muy bella con las blancas gotas resbalando sobre el rubor de las mejillas. El Príncipe se la mostró a la dama:

—Augusta. ¡Es el bautizo pagano de la Naturaleza!...

Como si un estremecimiento voluptuoso pasase sobre la faz del huerto, se besaron las hojas de los árboles con largo y perezoso murmullo. La vaca levantó el mitológico testuz coronado de hiedra, y miró de hito en hito al sol que se ocultaba. Herida por los destellos del ocaso, parecía de cobre bruñido: Recordaba esos ídolos que esculpió la antigüedad clásica, divinidades robustas, benignas y fecundas que cantaron los poetas.

VIII

Nelly, ruborosa y feliz, con los ojos llenos de luz, permanecía arrodillada sobre la hierba. El Príncipe Attilio murmuró al oído de Augusta:

—¡Es encantadora!

—¡Qué pena no ser ella!

Augusta quedóse un momento contemplándola con expresión de amor y de ternura:

—Ven aquí, hija mía. Este caballero...

Y señalaba al Príncipe con ademán gracioso y desenvuelto. El Príncipe saludó.

—Ya lo ves cómo se inclina... ¡Jesús, qué poco oradora me siento!... En suma, hija mía, acaba de confesarme que está enamorado de ti.

Nelly dudó un momento: Después, abrazándose a su madre, empezó a sollozar nerviosa y agitada:

—¡Ay, mamá! ¡Mamá de mi alma! ¡Perdóname!

—¿Qué he de perdonarte yo, corazón?

Y Augusta, un poco conmovida, posó los labios en la frente de su hija:

—¿Tú no le quieres?

Nelly ocultaba las mejillas en el hombro de su madre y repetía cada vez con mayor duelo:

—¡Mamá de mi alma, perdóname!...

—¿Pero tú no le quieres?

En la voz de Augusta descubríase una ansiedad oculta.
Pero de pronto, adivinando lo que pasaba en el alma de
su hija, murmuró con aquel cinismo candoroso que era
el mayor de sus encantos:

—¡Pobre ángel mío...! ¿Tú has pensado que las galan-
terías del Príncipe se dirigían a tu madre, verdad?

—¡Mamá! ¡Mamá! ¡Soy muy mala!...

—¡No, corazón!

Augusta apoyaba contra su seno la cabeza de Nelly.
Sobre aquella aurora de cabellos rubios, sus ojos negros
de mujer ardiente se entregaban a los ojos del Príncipe.
Augusta sonreía viendo logrados sus ensueños:

—¡Pobre ángel!... ¡Quiera Dios, Príncipe, que sepa
usted hacerla feliz!

El Príncipe no contestó. Pensaba si no había en todo
aquello un poema libertino y sensual, como pudiera de-
searlo su musa. Augusta le tocó con el abanico en el
hombro:

—¡Hijos míos, daos las manos!... Debimos haber es-
perado a que llegase mi marido, pero la felicidad no es
bueno retardarla... Ahora vamos a las colmenas para celebrar esa Égloga Mundana, que ha dicho Nelly.

Y apoyándose en el brazo del Príncipe Attilio, murmuró emocionada, con voz que apenas se oía:

—¡Ya verás lo dichoso que te hago!

Se detuvo enjugándose dos lágrimas que abrillantaban
el iris negro y apasionado de sus ojos. ¡Después de haber
labrado la ventura de todos, sentíase profundamente conmovida! Y como Nelly tornaba la cabeza y se detenía es-
perándoles, suspiró, mirándose en ella con maternal arrobo. Las pupilas de Nelly respondieron con alegre llamear.
Augusta, reclinando con lánguida voluptuosidad todo el

peso delicioso de su cuerpo en aquel brazo amante que la sostenía, exclamó con íntimo convencimiento:

—¡Qué verdad es que las madres, las verdaderas madres, nunca nos equivocamos al hacer la felicidad de nuestras hijas!...

LA CONDESA DE CELA

I

«Espérame esta tarde.» No decía más el fragante y bla-
sonado plieguecillo.

Aquiles, de muy buen humor, empezó a pasearse can-
turreando retazos zarzueleros popularizados por todos los
organillos de España. Luego, quedóse repentinamente
serio. ¿Por qué le escribiría ella tan lacónicamente? Hacía
algunos días que Aquiles tenía el presentimiento de una
gran desgracia: Creía haber notado cierta frialdad, cierto
retraimiento. Quizá todo ello fuesen figuraciones suyas,
pero él no podía vivir tranquilo. Aquiles Calderón era un
muchacho habanero, salido muy joven de su tierra con
objeto de estudiar en la Universidad Compostelana. Al
cabo de los años mil, continuaba sin haber terminado ninguna carrera. En los primeros tiempos había derrochado
como un príncipe; mas parece ser que su familia se arrui-
nó años después en una revolución, y ahora vivía de la
gracia de Dios. Pero al verle hacer el tenorio en las esqui-
nas, y pasear las calles desde la mañana hasta la noche,
requebrando a las niñeras, y pidiéndolas nuevas de sus señoras, nadie adivinaría las torturas a que se hallaba so-
metido su ingenio de estudiante tronado y calavera, que
cada mañana y cada noche tenía que inventar un nuevo
arbitrio para poder bandearse.

Aquiles Calderón tenía la alegría desesperada y el gracejo amargo de los artistas bohemios. Su cabeza, airosa e inquieta, más correspondía al tipo criollo que al español: El pelo era indómito y rizoso, los ojos negrísimos, la tez juvenil y melada, todas las facciones sensuales y movibles, las mejillas con grandes planos, como esos idolillos aztecas tallados en obsidiana. Era hermoso, con hermosura magnífica de cachorro de Terranova. Una de esas caras expresivas y morenas que se ven en los muelles, y parecen aculadas en largas navegaciones transatlánticas por regiones de sol. Está impaciente, y para distraerse tamborilea con los dedos en los cristales de la ventana que le sirve de atalaya. De pronto se endereza, examinando con avidez la calle, arroja el cigarro y va a echarse sobre el sofá aparentando dormir. Tardó poco en oírse menudo taconeo y el roce sedeño de una cola desplegada en el corredor. Pulsaron desde fuera ligeramente y el estudiante no contestó. Entonces, la puerta abrióse apenas, y una cabeza de mujer, de esas cabezas rubias y delicadas en que hace luz y sombra el velillo moteado de un sombrero, asoma sonriendo, escudriñando el interior con alegres ojos de pajarillo parlero. Juzgó dormido al estudiante, y acercósele andando de puntillas, mordiéndose los labios:

—¡Así se espera a una señora, borricote!

Y le pasó la piel del manguito por la cara, con tan fino, tan intenso cosquilleo, que le obligó a levantarse riendo nerviosamente. Entonces la gentil visitante sentósele con estudiada monería en las rodillas, y empezó a atusarle con sus lindos dedos las guías del bigote juvenil y fanfarrón:

—¡Conque no ha recibido mi epístola el poderoso Aquiles!

—¡Cómo no! ¡Pues si te esperaba!

—¡Durmiendo! ¡Ay, hijo, lo que va de tiempos! Mira tú, yo también me había olvidado de venir; me acordé en la catedral.

—¿Rezando?

—Sí, rezando... Me tentó el diablo.

Hizo un mohín, y con arrumacos de gata mimada se levantó de las rodillas del estudiante:

—¡Caramba, no tienes más que huesos!... La atraviesas a una.

Hablaba colocada delante del espejo, ahuecándose los pliegues de la falda. Aquiles acercóse con aquella dejadez de perdido, que él exageraba un poco, y le desató las bridas de la capota de terciopelo verde, anudadas graciosamente bajo la barbeta de escultura clásica, pulida, redonda, y hasta un poco fría como el mármol. La otra, siempre sonriendo, levantó la cara, y juntando los labios, rojos y apetecibles como las primeras cerezas, alzóse en la punta de los pies:

—Bese usted, caballero.

El estudiante besó, con beso largo, sensual y alegre, prenda de amorosa juventud.

II

Era por demás extraño el contraste que hacían la dama y el estudiante: Ella, llena de gracia, trascendiendo de sus cabellos rubios y de su carne fresca y rosada grato y voluptuoso olor de esencias elegantes, deshilachaba los encajes de un pañolito de encaje. Aquiles sonreía protector, con las manos hundidas en los bolsillos y la colilla adherida al labio, como un molusco. Lo tronado de su pergeño, la expresión ensoñadora de sus ojos y el negro y rizado cabello, siempre más revuelto que peinado, dábanle gran semejanza con aquellos artistas apasionados y bohemios de la generación romántica.

¡La Condesa de Cela tenía la cabeza a componer y un corazón de cofradía! Antes que con aquel estudiante, dio mucho que hablar con el hermano de su doncella, un muchacho tosco y encogido, que acababa de ordenarse de misa, y era la más rara visión de clérigo que pudo salir de Seminario alguno. Había que verle, con el manteo a media pierna, la sotana verdosa enredándose al andar, los zapatos claveteados, el sombrero de canal metido hasta las orejas, sentándose en el borde de las sillas, caminando a grandes trancos con movimiento desmañado y torpe. Y, sin embargo, la Condesa le había amado algún tiem-

po, con ese amor curioso y ávido que inspiran a ciertas
mujeres las jóvenes cabezas tonsuradas. No podían, pues,
causar extrañeza sus relaciones con Aquiles Calderón. Sin
tener larga fecha, habían comenzado en los tiempos prós-
peros del estudiante. Más tarde, cuando llegaron los días
sin sol, Aquiles, como era muy orgulloso, quiso terminar-
las bruscamente, pero la Condesa se opuso. Lloró abra-
zada a él, jurando que tal desgracia los unía con nuevo
lazo más fuerte que ningún otro. Durante algún tiempo,
tomó ella en serio su papel. A pesar de ser casada, creía
haber recibido de Dios la dulce misión de consolar al estudiante habanero. Entonces hizo muchas locuras y dio
que hablar a toda la ciudad; pero se cansó pronto. Lo que
decía el señor Deán:

—¡Muy buena! Madera de santa. Solamente un poco
aturdida.

Traveseando como chicuela aturdida, rodea la cintura
de su amante, y le obliga a dar una vuelta de vals por la
sala. Sin soltarse, se dejan caer sobre el sofá. Aquiles, haciéndose el sentimental, empieza a reprocharle sus largas
ausencias, que ni aun tienen la disculpa de querer guar-
dar el secreto de aquellos amores. ¡Ay, eran veleidades
únicamente! Ella sonríe, como mujer de carácter plácido
que entiende la vida y sabe tomar las cosas cual se debe.
Aquiles habla y se queja con simulada frialdad, con ese
acento extraño de los enamorados que sienten muy honda
la pasión y procuran ocultarla como vergonzosa lacería,
resabio casi siempre de toda infancia pobre de caricias,
amargada por una sensibilidad exquisita, que es la más
funesta de las precocidades. La Condesa le escucha distraída, mirándole unas veces de frente, otras de soslayo,
sin estarse quieta jamás. Por último, cansada de oírle, se
levanta, y comienza a pasearse por la sala, con las manos
cruzadas a la espalda y el aire de colegial aburrido. Aqui-

les se indigna: ¡Para eso, sólo para eso se ha pasado toda la tarde esperándola! Ella sonríe:

—¡Y acaso yo he venido a oírte sermonear! No comprendes que bastante disgustada estoy...

—¿Tú?

—Sí, yo, que siento las penas de los dos, las tuyas y las mías...

Deja de hablar, contrariada por la sonrisa incrédula de su amante. Luego, clavando en él los ojos claros y un poco descaradillos, como toda su persona, añade irónicamente:

—Desengáñate, las apariencias engañan mucho. ¿Quién, viéndote a ti, podrá sospechar ni remotamente las penurias que pasas?

Aunque herido en su orgullo, el bohemio sonríe atusándose el bigote, mostrando los dientes blancos como los de un negro. La Condes ríe también, y, semejante a su lindo galguillo inglés, muerde jugueteando una de las manos del estudiante, fina, morena y varonilmente velluda. De pronto, se levanta exclamando:

—¿Y mi manguito?

Aquiles da con él bajo una silla cargada de libros. La Condesa se lo arrebata de las manos:

—Trae, trae. Aquí tienes lo que me ha hecho venir.

Y saca un papel doblado de entre el tibio y perfumado aforro de la piel.

—¿Qué es ello?

—Una carta evangélica, carta de mi marido... Me ofrece su perdón con tal de no dar escándalo al mundo y mal ejemplo a nuestros hijos.

Por el tono de la Condesa es difícil saber qué impresión le ha causado la carta. Aquiles, sin dejar de atusarse el bigote, hace rodar sus negras y brillantes pupilas de criollo, y ríe, con aquella risa silbada que rebosa amarga burlería. La Condesa, un poco colorada, hace dobleces al papel. El estudiante, aparentando indiferencia, pregunta:

—¿Tú qué has resuelto?...

—Ya sabes que yo no tengo voluntad. Mi familia me obliga, y dice que debo...

—¡Qué gran institución es la familia!

La actitud de Aquiles es tranquila, el gesto entre irónico y desdeñoso, pero la voz, lo que es la voz, tiembla un poco.

III

La Condesa baja la cabeza y parece dudosa. Allá en su hogar todo la insta a romper: Las amonestaciones de su madre, el amor de los hijos, y, sin que ella se dé cuenta, ciertos recuerdos de la vida conyugal que, tras dos años de separación, la arrastran otra vez hacia su marido, un buen mozo que la hizo feliz en los albores del noviazgo. Y, sin embargo, duda. Siente su ánimo y su resolución flaquear en presencia del estudiante. Pero si a un momento duélese de abandonarle, y como mujer le compadece, a otro momento se hace cargos a sí misma, pensando que es realmente absurdo sentirse conmovida y arrastrada hacia aquel bohemio, precisamente cuando va a reunirse con el marido. Calcula que si es débil, y no se decide a romper de una vez, hallaráse más que nunca ligada. Y entonces, el único afán de la pizpireta es dejar al estudiante en la vaga creencia de que sus amores se interrumpen, pero no acaban. Obra así llevada de cierta señoril repugnancia que siente por todos los sentimentalismos ruidosos, y su instinto de coqueta no le muestra mejor camino para huir la dolorosa explicación que presiente. Ella no aventura nada. Apenas llegue su marido, dejará la vieja ciudad, y al volver tras larga ausencia, quizá de un año, Aquiles Cal-

derón, si aún no ha olvidado, lo aparentará al menos.
No había dado nunca la Condesa gran importancia a los
equinoccios del corazón. Desde mucho antes de los quince años, comenzó la dinastía de sus novios, que eran
destronados a los ocho días, sin lágrimas ni suspiros,
verdaderos novios de quita y pon. Aquella cabecita rubia
aborrecía la tristeza con un epicureísmo gracioso y distin-
guido que apenas se cuidaba de ocultar: No quería que
las lágrimas borrasen la pintada sombra de los ojos.
Era el egoísmo pagano de una naturaleza femenina y poco
cristiana que se abroquela contra las negras tristezas de
la vida. Momentos antes, mientras subía los derrengados
escalones del cuarto de Aquiles, no podía menos de cavi-
lar en lo que ella llamaba la despedida de las locuras. Conforme iba haciéndose vieja, aborrecía estas escenas, tanto
como las había amado en otro tiempo. Tenía raro placer
en conservar la amistad de sus amantes antiguos y guar-
darles un lugar en el corazón. No lo hacía por miedo ni
por coquetería, sino por gustar el calor singular de esas
afecciones de seducción extraña, cuyo origen vedado la
encantaba, y en torno de las cuales percibía algo de la galantería íntima y familiar de aquellos linajudos provincia-
nos que aún alcanzara a conocer de niña. La Condesa aspiraba todas las noches en su tertulia, al lado de algún
antiguo adorador que había envejecido mucho más a prisa
que ella, este perfume lejano y suave, como el que exha-
lan las flores secas, reliquias de amoroso devaneo conser-
vadas largos años entre las páginas de algún libro de versos. Y, sin embargo, en aquel momento supremo, cuando
un nuevo amante caía en la fosa, no se vio libre de ese
sentimiento femenino, que trueca la caricia en arañazo.
¡Esa crueldad, de que aun las mujeres más piadosas suelen dar muestra en los rompimientos amorosos! Fruncido el arco de su lindo ceño, contemplando las uñas rosa-

das y menudas de su mano, dejó caer lentamente estas palabras:

—No te incomodes, Aquiles. Considera que a mi pobre madre le doy, acaso, su última alegría. Yo tampoco he dicho que a ti no te quiera... La prueba está en que vengo a consultarte... Pero partiendo de mi marido la insinuación, no hay ya ningún motivo de delicadeza que me impida... ¿A ti qué te parece?

Aquiles, que en ocasiones llegaba a grandes extremos de violencia, se levantó pálido y trémulo, la voz embargada por la cólera:

—¿Qué me parece a mí? ¡A mí! ¡A mí! ¿Y me lo preguntas? Eso sólo debes consultarlo con tu madre. ¡Ella puede aconsejarte!

La Condesa humilló la frente con sumisión de mártir enamorada:

—¡Ahora insúltame, Aquiles!

El estudiante estaba hermoso: Los ojos vibrantes de despecho, la mejilla pálida, la ojera ahondada, el cabello revuelto sobre la frente, que una vena abultada y negra dividía a modo de tizne satánico.

Aquiles Calderón, que era un poco loco, sentía por la Condesa esa pasión vehemente, con resabios grandes de animalidad, que experimentan los hombres fuertes, las naturalezas primitivas, cuando llevan el hierro del amor clavado en la carne... Y la pasión se juntaba en el bohemio de otro sentimiento muy sutil, la satisfacción de las naturalezas finas condenadas a vivir entre la plebe, y conocer únicamente hembras de germanía, cuando la buena suerte les depara una dama de honradez relativa. El bohemio había tenido esta rara fortuna. La Condesa, aunque liviana, era una señora, tenía viveza de ingenio, y sentía el amor en los nervios, y un poco también en el alma.

IV

La Condesa juega con una de sus pulseras y parece dudosa entre hablar o callarse. No pasan inadvertidas para Aquiles vacilaciones tales, pero guárdase bien de hacerle ninguna pregunta. Su vidriosa susceptibilidad de pobre le impide ser el primero en hablar. Nada, nada que sea humillante. ¡Aquel estudiante sin libros, que debe dinero sin pensar nunca en pagarlo; aquel bohemio hecho a batirse con todo linaje de usureros y a implorar plazos y más plazos, a trueque de humillaciones sin cuento, considera harto vergonzoso implorar de la Condesa un poco de amor! Ella, más débil o más artera, fue quien primero rompió el silencio, preguntando en muy dulce voz:

—¿Has hecho lo que te pedí, Aquiles? ¿Tienes aquí mis cartas?

Aquiles la miró con dureza, sin dignarse responder; pero como ella siguiese interrogándole con la actitud y con el gesto, gritó sin poder contenerse:

—¿Pues dónde había de tenerlas?

La Condesa enderézase en su asiento, ofendida por el tono del estudiante. Por un momento, pareció que iba a replicar con igual altanería; pero en vez de esto, sonríe, doblando la cabeza sobre el hombro, en una actitud llena de gracia. Así, medio de soslayo, estúvose buen rato contemplando al bohemio, guiñados los ojos y derramada por todas las facciones una expresión de finísima picardía:

—Aquiles, no debías incomodarte.

Hizo una pausa muy intencionada, y, sin dejar de dar a la voz inflexiones dulces, añadió:

—Bien podían estar mis cartas en Peñaranda. ¡Nada tendría de particular! ¿En dónde están el reloj y las sortijas? Si el día menos pensado vas a ser capaz de citarme en el Monte de Piedad. Pero yo no iré. Correría el peligro de quedarme allí.

Aquiles tuvo el buen gusto de no contestar: Abrió el cajón de una cómoda, y sacó varios manojos de cartas atados con listones de seda. Estaba tan emocionado que sus manos temblaban al desatarlos. Hizo entre los dedos un ovillo con aquellos cintajos, y los tiró lejos, a un rincón.

—Aquí tienes.

La Condesa se acercó un poco conmovida:

—Debías ser más razonable, Aquiles. En la vida hay exigencias a las cuales es preciso doblegarse. Yo no quisiera que concluyéramos así; esperaba que fuésemos siempre buenos amigos; me hacía la ilusión de que aun cuando esto acabase...

Se enjugó una lágrima, y en voz mucho más baja, añadió:

—¡Hay tantas cosas que no es posible olvidar!

Calló, esperando en vano alguna respuesta. Aquiles no tuvo para ella ni una mirada, ni una palabra, ni un gesto. La Condesa se quitó los guantes muy lentamente, y comenzó a repasar las cartas que su amante había conservado en los sobres con religioso cuidado. Después de un momento, sin levantar los ojos, y con visible esfuerzo, llegó a decir:

—Yo a quien quiero es a ti, y nunca, nunca, te abandonaría por otro hombre; pero cuando una mujer es madre, preciso es que sepa sacrificarse por sus hijos. El reunirme con mi marido era una cosa que tenía que ser. Yo no me atrevía a decírtelo, te hacía indicaciones, y me desesperaba al ver que no me comprendías... ¡Hoy, mi madre lo sabe todo! ¿Voy a dejarla morir de pena?

Cada palabra de la Condesa era una nueva herida que inferían al pobre amante aquellos labios adorados, pero ¡ay! tan imprudentes: Llenos de dulzuras para el placer, hojas de rosa al besar la carne, y amargos como la hiel, duros y fríos como los de una estatua, para aquel triste corazón, tan lleno de neblinas delicadas y poéticas. Habíase ella aproximado a la lumbre del brasero, y quemaba las cartas una a una, con gran lentitud, viéndolas retorcerse, cual si aquellos renglones de letra desigual y felina, apretados de palabras expresivas, ardorosas, palpitantes, que prometían amor eterno, fuesen capaces de sentir dolor. Con cierta melancolía vaga, inconsciente, parecida a la que produce el atardecer del día, observaba cómo algunas chispas, brillantes y tenues, cual esas lucecitas que en las leyendas místicas son ánimas en pena, iban a posarse en el pelo del estudiante, donde tardaban un momento en apagarse. Consideraba, con algo de remordimiento, que nunca debiera haber quemado las cartas en presencia del pobre muchacho, que tan apenado se mostraba. ¿Pero qué hacer? ¿Cómo volver con ellas a su casa, al lado de su madre, que esperaba ansiosa el término de entrevista tal? Parecíale que aquellos pliguecillos perfumados como el cuerpo de una mujer galante, mancharían la pureza de la achacosa viejecita, cual si fuese una virgen de quince años.

V

Aquiles, mudo, insensible a todo, miraba fijamente ante
sí con los ojos extraviados. Y allá en el fondo de las pupilas cargadas de tristeza, bailaban alegremente las llamitas
de oro, que poco a poco iban consumiendo el único teso-
ro del bohemio. La Condesa se enjugó los ojos, y afano-
sa por ahogar los latidos de su corazón de mujer compa-
siva, arrojó de una vez todas las cartas al fuego. Aquiles
se levantó temblando:

—¿Por qué me las arrebatas? ¡Déjame siquiera algo que
te recuerde!

Su rostro tenía en aquel instante una expresión de su-
frimiento aterradora. Los ojos se conservaban secos, pero
el labio temblaba bajo el retorcido bigotejo, como el de
un niño que va a estallar en sollozos. Desalentado, loco,
sacó del fuego las cartas, que levantaron una llama triste
en medio de la vaga oscuridad que empezaba a invadir
la sala. La Condesa lanzó un grito:

—¡Ay! ¿Te habrás quemado? ¡Dios mío, qué locura!

Y le examinaba las manos sin dejar de repetir:

—¡Qué locura! ¡Qué locura!

Aquiles, cada vez más sombrío, inclinóse para recoger
las cartas, que, caídas a los pies de la dama, se habían sal-

vado del fuego. Ella le miró hacer, muy pálida y con los
ojos húmedos. La inesperada resistencia del estudiante,
todavía más adivinada que sentida, conmovíale hondamente, faltábale valor para abrir aquella herida, para pro-
ducir aquel dolor desconocido. Su egoísmo, falto de resolución, sumíala en graves vacilaciones, sin dejarla ser
cruel ni generosa. La Condesa no ponía en duda la caba-
llerosidad de Aquiles. ¡Muy lejos de eso! Pero tampoco
podía menos de reconocer que era una cabeza sin atade-
ro, un verdadero bohemio. ¿Cuántas veces no había ella
intentado hacerle entrar en una vida de orden? Y todo inútil. Aquel muchacho era una especie de salvaje civilizado:
Se reía de los consejos, enseñando unos dientes muy blancos, y contestaba bromeando, sosteniendo que tenía sangre de reyes indios en las venas. La Condesa, apoyada en
la pared, retorciendo una punta del pañolito de encajes,
murmuró en voz afectuosa y conciliadora:

—Yo te dejaría esas cartas... Sí, te las dejaría... Pero
reflexiona de cuántos disgustos pueden ser origen si se pier-
den. ¿Dime, dime tú mismo si no es una locura?

Aquiles insistía con palabras muy tiernas y un poco
poéticas:

—Esas cartas, Julia, son un perfume de tu alma. ¡El
único consuelo que tendré cuando te hayas ido! Me estre-
mezco al pensar en la soledad que me espera. ¡Soledad
del alma, que es la más horrible! Hace mucho tiempo que
mis ideas son negras, como si me hubiesen pasado por el
cerebro grandes brochazos de tinta. Todo a mi lado se
derrumba, todo me falta...

Susurraba estas quejas al oído de la Condesa, inclinado sobre el sillón, besándole los cabellos con apasiona-
miento infinito. Sentía en toda su carne un estremecimiento al posar sus labios y deslizarlos sobre las hebras rubias
y sedeñas:

—¡Déjamelas! ¡Son tan pocas las que quedan! Haré con ellas un libro, y leeré una carta todos los días como si fuesen oraciones.

La Condesa suspira y calla. Había ido allí dispuesta a rescatar sus cartas, cediendo en ello a ajenas sugestiones, y creyendo que las cosas se arreglarían muy de otro modo, conforme a la experiencia que de parecidos lances tenía. No sospechara nunca tanto amor por parte de Aquiles, y al ver la herida abierta de pronto en aquel corazón que era todo suyo, permanecía sorprendida y acobardada, sin osar insistir, trémula como si viese sangre en sus propias manos. Ante dolor tan sincero, sentía el respeto supersticioso que inspiran las cosas sagradas, aun a los corazones más faltos de fe.

VI

No estaba la Condesa locamente enamorada de Aquiles Calderón, pero queríale a su modo, con esa atractiva simpatía del temperamento, que tantas mujeres experimentan por los hombres fuertes, los buenos mozos que no empalagan, del añejo decir femenino. No le abandonaba ni hastiada, ni arrepentida. Pero la Condesa deseaba vivir en paz con su madre, una buena señora, de rigidez franciscana, que hablaba a todas horas del infierno, y tenía por cosa nefanda los amores de su hija con aquel estudiante libertino y masón, a quien Dios, para humillar tanta soberbia, tenía sumido en la miseria. Era la gentil Condesa de condición tornadiza y débil, sin ambiciones de amor romántico, ni vehemencias pasionales. En los afectos del hogar, impuestos por la educación y la costumbre, había hallado siempre cuanto necesitar podía su sensibilidad reposada, razonable y burguesa. El corazón de la dama no había sufrido esa profunda metamorfosis que en las naturalezas apasionadas se obra con el primer amor. Desconocía las tristes vaguedades de la adolescencia. A pesar de frecuentar la catedral, como todas las damas linajudas, jamás había gustado el encanto de los rincones oscuros y misteriosos, donde el alma tan fácilmente se envuelve en ondas de ternura y languidece de amor místico. Eterna y sacrílega preparación para caer más tarde en los brazos del hombre tentador, y hacer del amor humano y de la forma plástica del amante culto gentílico y único destino de la vida. Merced a no haber sentido estas crisis de la pasión, que sólo dejan escombros en el alma, pudo la Condesa de Cela conservar siempre por su madre igual veneración que de niña: Afección cristiana, tierna, sumisa, y hasta un poco supersticiosa. Para ella todos los amantes habían merecido puesto inferior al cariño tradicional, y un tanto ficticio, que se supone nacido de ocultos lazos de la sangre.

Pero era la Condesa, si no sentimental, mujer de corazón franco y burgués, y no podía menos de hallar hermosa la actitud de su amante, implorando como supremo favor la posesión de aquellas cartas. Olvidaba cómo las había escrito en las tardes lluviosas de un invierno inacabable, pereciendo de tedio, mordiendo el mango de una pluma, y preguntándose a cada instante qué le diría. Cartas de una fraseología trivial y gárrula, donde todo era oropel, como el heráldico timbre de los plieguecillos embusteros, henchidos de zalamerías livianas, sin nada verdaderamente tierno, vívido, de alma a alma. Pero entonces, contagiada del romanticismo de Aquiles, hacíase la ilusión de que todas aquellas patas de mosca las trazara suspirando de amor. Con dos lágrimas detenidas en el borde de los párpados y bello y majestuoso el gesto, que la habitual ligereza de la dama hacía un poco teatral, se volvió al estudiante:

—Sea... ¡Yo no tengo valor para negártelas! ¡Guarda, Aquiles, esas cartas y con ellas el recuerdo de esta pobre mujer que te ha querido tanto!

Aquiles, que hasta entonces las había conservado, movió la cabeza e hizo ademán de devolvérselas. Con los ojos fijos miraba cómo la nieve azotaba los cristales, enloquecido, pero resuelto a no escuchar. Y ella, a quien el silencio era penoso, se cubrió el rostro, llorando con el llanto nervioso de las actrices. Lágrimas estéticas que carecen de amargura, y son deliciosas, como ese delicado temblorcillo que sobrecoge al espectador en la tragedia. Aquiles inclinó la cabeza hasta apoyarla en las rodillas, y así permaneció largo tiempo, la espalda sacudida por la congoja. Ella, vacilando, con timidez de mujer enamorada, fue a sentarse a su lado en el brazo del canapé y le pasó la mano por los cabellos negros y rizosos. Enderezóse él muy poco a poco y le rodeó el talle suspirando, atrayéndola a sí, buscando el hombro para reclinar la frente. La Condesa siguió acariciando aquellos hermosos cabellos, sin cuidarse de enjugar las lágrimas que, lentas y silenciosas, como gotas de lluvia que se deslizan por las mejillas de una estatua, rodaban por su pálida faz y caían sobre la cabeza del estudiante, el cual, abatido y como olvidado de sí propio, apenas entendía las frases que la Condesa suspiraba:

—No me has comprendido, Aquiles mío. Si un momento quise poner fin a nuestros amores, no fue porque hubiese dejado de quererte. ¡Quizá te quería más que nunca! Pero ya me conoces... Yo no tengo carácter. Tú mismo dices que se me gobierna por un cabello. Ya sé que debí haberme defendido, pero estaba celosa. ¡Me habían dicho tantas cosas!...

Hablaba animada por la pasión. Su acento era insinuante, sus caricias cargadas de fluido, como la piel de un gato negro. Sentía la tentación caprichosa y enervante de cansar el placer en brazos de Aquiles. En aquella desesperación hallaba promesas de nuevos y desconocidos transportes pasionales, de un convulsivo languidecer, epiléptico como el del león y suave como el de la tórtola. Colocó

sobre su seno la cabeza de Aquiles, y murmuró ciñéndola
con las manos:

—¿No me crees, verdad? ¡Es muy cruel que lo mismo
la que miente que la que habla con toda el alma hayan
de emplear las mismas palabras, los mismos juramentos!...

Y le besaba en ojos y boca.

VII

Sin fuerza para resistir el poder de aquellos halagos, Aquiles la besó cobardemente en el cuello, blanco y terso como plumaje de cisne. Entonces la Condesa se levantó, y sonriendo a través de sus lágrimas con sonrisa de enamorada, arrastróle por una mano hasta la alcoba. Él intentó resistir, pero no pudo. Quisiera vengarse despreciándola, ahora que tan humilde se le ofrecía; pero era demasiado joven para no sentir la tentación de la carne, y poco cristiano su espíritu para triunfar en tales combates. Hubo de seguirla, bien que aparentando una frialdad desdeñosa, en que la Condesa creía muy poco. Actitud falsa y llena de soberbia, con que aspiraba a encubrir lo que a sí mismo se reprochaba como una cobardía, y no era más que el encanto misterioso de los sentidos. Al encontrarse en brazos de su amante, la Condesa tuvo otra crisis de llanto, pero llanto seco, nervioso, cuyos sollozos tenían notas extrañas de risa histérica. Si Aquiles Calderón tuviese la dolorosa manía analista que puso la pistola en manos de su gran amigo Pedro Pondal, hubiese comprendido con horror cómo aquellas lágrimas, que en su exaltación romántica ansiaba beber en las mejillas de la Condesa, no eran de arrepentimiento, sino de amoroso

sensualismo, y sabría que en tales momentos no faltan a
ninguna mujer. En la vaga oscuridad de la alcoba, unidas
sus cabezas sobre la blanca almohada, se hablaban en voz
baja, con ese acento sugestivo y misterioso de las confesiones, que establece entre las almas corrientes de intimi-
dad y amor. La Condesa suspiraba, presentándose como
víctima de la tiranía del hogar. Ella había cedido a las sugestiones maternales. Faltárale entereza para desoír los
consejos de aquellos labios, cuyas palabras manaban dulces, suaves, persuasivas, con perfume de virtud, como
aguas de una fuente milagrosa. Pero ahora no habría
poder humano capaz de separarlos, morirían así, el uno
en brazos del otro. Y como el recuerdo de su madre no
la abandonase, añadió con zalamería, poniendo sobre el
pecho desnudo una mano de Aquiles:

—Guardaremos aquí nuestro secreto, y nadie sabrá
nada. ¿Verdad?

Aquiles la miró intensamente:

—¡Pero tu madre!

—Mi madre tampoco.

El bigotejo retorcido y galán del estudiante, esbozó una
sonrisa cruel.

VIII

Aquiles aborrecía con todo su ser a la madre de la Condesa. En aquel momento parecíale verla recostada en el monumental canapé de damasco rojo, con estampados chinescos. Uno de esos muebles arcaicos, que todavía se ven en las casas de abolengo, y parecen conservar en su seda labrada y en sus molduras lustrosas algo del respeto y de la severidad engolada de los antiguos linajes. Se la imaginaba hablando con espíritu mundano de rezos, de canónigos y de prelados. Luciendo los restos de su hermosura deshecha, una gordura blanca de vieja enamoradiza. Creía notar el movimiento de los labios, todavía frescos y sensuales, que ofrecían raro contraste con las pupilas inmóviles, casi ciegas, de un verde neutro y sospechoso de mar revuelto. Encontraba antipática aquella vejez sin arrugas, que aún parecía querer hablar a los sentidos. El estudiante recordó las murmuraciones de la ciudad y tuvo de pronto una intuición cruel. Para que la Condesa no huyese de su lado, bastaríale derribar a la anciana del dorado camarín donde el respeto y credulidad de su hija la miraban. Arrastrado por un doble anhelo de amor y de venganza, no retrocedió ante la idea de descubrir todo el pasado de la madre a la hija que adoraba en ella:

—¡Pareces una niña, Julia! No comprendo, ni ese respeto fanático, ni esos temores. Tu madre aparentará que
se horroriza... ¡Es natural! ¡Pero, seguramente, cuando
tuvo tus años, haría lo mismo que tú haces. ¡Sólo que las
mujeres olvidáis tan fácilmente!...

—¡Aquiles! ¡Aquiles! ¡No seas canallita!... ¡Para que
tú puedas hablar de mi madre necesitas volver a nacer!
¡Si hay santas, ella es una!...

—No riñamos, hija. Pero también tú puedes ser cano-
nizada. Figúrate que yo me muero, y que tú te arrepien-
tes... ¿No hay en el Año Cristiano alguna historia parecida? A tu madre, que lo lee todos los días, debes pre-
guntárselo.

La Condesa le interrumpió:

—No tienes para qué nombrar a mi madre.

—¡Bueno! Cuando la canonicen a ella ya habrá la historia que buscamos.

La Condesa, medio enloquecida, se arrojó del lecho.
Pero él no sintió compasión ni aun viéndola en medio de
la estancia. Los rubios cabellos destrenzados, lívidas las
mejillas que humedecía el llanto, recogiendo con expresión de suprema angustia la camisa sobre los senos desnudos. Aquiles sentía esa cólera brutal, que en algunos
hombres se despierta ante las desnudeces femeninas. Con
clarividencia satánica, veía cuál era la parte más dolorosa
de la infeliz mujer, y allí hería sin piedad, con sañudo
sarcasmo:

—¡Julia! ¡Julita! También tus hijos dirán mañana que
tú has sido una santa. Reconozco que tu madre supo ele-
gir mejor que tú sus amantes. ¿Sabes cómo la llamaban
hace veinte años? ¡La Canóniga, hija! ¡La Canóniga!

La Condesa, horrorizada, huyó de la alcoba. Aun cuando Aquiles tardó mucho en seguirla, la halló todavía desnuda, gimiendo monótonamente, con la cara entre las

manos. Al sentirle, incorporóse vivamente y empezó a vestirse, serena y estoica ya. Cuando estuvo dispuesta para marcharse, el estudiante trató de detenerla. Ella retrocedió con horror, mirándole de frente:

—¡Déjeme usted!

Y con el brazo siempre extendido, como para impedir el contacto del hombre, pronunció lentamente:

—¡Ahora, todo, todo ha concluido entre nosotros! Ha hecho usted de mí una mujer honrada. ¡Lo seré! ¡Lo seré! ¡Pobres hijas mías, si mañana las avergüenzan diciéndoles de su madre lo que usted acaba de decirme de la mía!...

El acento de aquella mujer era a la vez tan triste y tan sincero, que Aquiles Calderón no dudó que la perdía. ¡Y, sin embargo, la mirada que ella le dirigió desde la puerta, al alejarse para siempre, no fue de odio, sino de amor...!

LA GENERALA

I

Cuando el General Don Miguel Rojas hizo alquel disparate de casarse, ya debía pasar de los sesenta. Era un veterano muy simpático, con grandes mostachos blancos, un poco tostados por el cigarro, alto y enjuto y bien parecido, aun cuando se encorvaba un tanto al peso de los años. Crecidas y espesas tenía las cejas, garzos y hundidos los ojos, cetrina y arrugada la tez, y cana del todo la escasa guedeja, que peinaba con sin igual arte para encubrir la calva. La expresión amable de aquella hermosa figura de veterano atraía amorosamente. La gravedad de su mirar, el reposo de sus movimientos, la nieve de sus canas, en suma, toda su persona, estaba dotada de un carácter marcial y aristocrático que se imponía en forma de amistad franca y noble. Su cabeza de santo guerrero parecía desprendida de algún antiguo retablo. Tal era, en rostro y talle, el santo varón que dio su nombre a Currita Jimeno.

Currita era una muchacha delgada, morena, muy elegante, muy alegre, muy nerviosa. Rompía los abanicos, desgarraba los pañuelos con sus dientes blancos y menudos de gata de leche, insultaba a las gentes… ¡Oh! Aquello no era mujer, era un manojo de nervios. Nadie, al verla, creería que aquel elegante diablillo se hubiese educado entre rejas, sin sol y sin aire, obligada a rezar siete rosarios cada día, oyendo misas desde el amanecer, y durmiéndose en los maitines con las rodillas doloridas y la tocada cabecita apoyada en las rejas del coro. No parecía, en verdad, haber pasado diez años de educanda al lado de sor María del Perpetuo Remedio, una tía suya, encopetada abadesa de un convento de nobles, allá en una vieja ciudad de las Castillas. Currita era la hija menor de los Condes de Casa Jimeno. Cuando sus padres fueron por ella, para sacarla definitivamente de aquel encierro y presentarla al mundo, la muchacha creyó volverse loca, y llenó de flores el altar de la santa tutelar del convento y fundadora de la Orden. Casualmente acaba de hacerle una novena pidiéndole aquello mismo, y la santa se lo concedía sin hacerla esperar más tiempo. Currita, no bien llegó la parentela, se lanzó fuera del locutorio, gritando alegremente, sin cuidarse de las buenas madres, que se quedaban llorando la partida de su periquito:

—¡Viva Santa Rita!

Y se arrancó la toca, descubriendo la cabeza pelona, que le daba cierto aspecto de muchacho, acrecentado por la esbeltez, un tanto andrógina, de sus quince años. Currita conservó hasta la muerte este amor a la libertad, tan desenfadadamente expresado con el viva a la Santa de Casia.

II

Mientras los graves varones republicanos se arrepentían y daban golpes de pecho ante el altar y el trono, ella, lanzando carcajadas y diciendo donaires picarescos, caminaba resuelta hacia la demagogia. ¡Pero qué demagogia la suya! Llena de paradojas y de atrevimientos inconcebibles, como elaborada en una cabeza inquieta y parlanchina, donde apenas se asentaba un cerebro de colibrí, pintoresco y brillante, borracho de sol y de alegría. Era desarreglada y genial como un bohemio; tenía supersticiones de gitana, e ideas de vieja miss sobre la emancipación femenina. Si no fuese porque salían de aquellos labios que derramaban la sal y la gracia como gotas de agua los botijos moriscos, sería cosa de echarse a temblar, y vivir en triste soltería, esperando el fin del mundo. Pero ya se sabe que los militares españoles son los más valientes para todo aquello que no sea función de guerra. Currita y el General Don Miguel Rojas se casaron, y desde aquel día la muchacha cambió completamente, y cobró ademanes tan señoriles y severos que parecía toda una señora Generala. Bastaba verla para comprender que no había salido de la clase de tropa: Llevaba los tres entorchados como la gente de colegio. Los que al leer el notición de aquella boda habían

exclamado: ¡Pobre Don Miguel!, casi estuvieron por acha-
car a milagro la mudanza de la Casa Jimeno. La verdad
es que fácil explicación no tenía, y como la Condesa se
comía los santos, y la tía abadesa estaba en olor de santidad... Tenía el General por ayudante a cierto ahijado suyo,
recién salido de un colegio militar. Era un teniente bonito, de miembros delicados, y no muy cumplido de estatu-
ra. Pareciera un niño, a no desmentir la presunción el bozo
que se picaba de bigote, y el pliegue, a veces enérgico y
a veces severo, de su rubio entrecejo de damisela. Este
lindo galán llegó a ser comensal casi diario en la mesa de
Don Miguel Rojas. La cosa pasó de un modo algo raro,
con rareza pueril y vulgar, donde todas las cosas parecen acordadas como en una comedia moderna. Currita no
dejaba fumar a su marido: Decía, haciendo aspavientos,
que el cigarro irritaba el catarro y las gloriosas cicatrices
del buen señor: Únicamente cuando había convidados, se
humanizaba la Generala. Habíase vuelto tan cortés desde
que entrara en la milicia, que deponía parte de su enojo,
y la furibunda oposición de cuando comía a solas con el
veterano esposo, reducíase a un gracioso gestecillo de enfado. Sonreía socarronamente el héroe, y como no podía
pasarse sin humear un habano después del café, concluyó
por invitar todos los días a su ayudante. Currita, que en
un principio había tenido por un quídam al sonrosado teniente, acabó por descubrir en él tan soberbias prendas,
y le cayó tan en gracia, que, últimamente, no se sabía si
era ayudante de órdenes de la dama o del héroe de Cagi-
gal. A todas partes acompañaba a la señora de día y de
noche, y hasta una vez llegó Currita a imponerle un arres-
to, según ella misma contaba, riendo, a sus amigas.

III

Una tarde, ya levantados los manteles, tras alguna mirada de flirteo, concluyó la Generala:

—¡Si supiese usted cuánto me aburro, Sandoval! ¿No tendría usted una novela que me prestase?

Sandoval, hecho un hilo de miel, le prometió, no una, sino ciento, y al día siguiente llevó a la dama una novela francesa. Tenía el libro un bello título: *Lo que no muere*. Currita, al azar, fijó los ojos, distraída, en las páginas satinadas, pulcras, elegantes, como para ser vueltas por manos blancas y perfumadas de duquesas o cocotas:

—¿Pero de qué trata esta novela? ¿Qué es lo que no muere?

—La compasión en la mujer... ¡Una idea originalísima! Figúrese usted...

—No, no me lo cuente. ¿Y no tiene usted ninguna novela de Daudet? Es mi autor predilecto. Dicen que es realista, de la escuela de Zola. A mí no me lo parece. ¿Usted leyó *Jack*? ¡Qué libro tan sentido! No puede una por menos de llorar leyéndolo. ¡Qué diferente de *Germinal*! ¡Y de todas las novelas de López Bago!

Sandoval repuso, escandalizándose:

—¡Oh, oh...! Generala, es que no pueden compararse Zola y López Bago.

El hermoso ayudante, como era asturiano, era también
algo crítico. Pero Currita sonreía con el gracioso desen-
fado de las señoras que hablan de literatura como de
modas:

—Pues se parecen mucho. No me lo negará usted.

Aquellas herejías producían un verdadero dolor al ayudante. Él quisiera que la dama no pronunciase más que
sentencias, que tuviese el gusto tan delicado y elegante
como el talle. Aquella carencia de esteticismo recordába-
le a las modistas apasionadas de los folletines, con quienes había tenido algo que ver. Criaturas risueñas y canta-
rinas, gentiles cabezas llenas de peines, pero horriblemente
vacías, sin más meollo que los canarios y los jilgueros que
alegraban sus buhardillas. Currita, que seguía hojeando
la novela, exclamó de pronto:

—¡Si es lástima…!

Sandoval la mira con extrañeza:

—¿Lástima de qué, Generala?

—Ya le he dicho a usted que no quiero que me llame
así. ¡Habrá majadero! Llámeme usted Currita.

Y le dio un capirotazo con el libro. Luego, poniéndose
seria:

—¡Sabe usted, me parece éste un francés muy difícil,
y yo he sido siempre de lo más torpe para esto de las
lenguas!

Y le alargaba el libro, mirándole al mismo tiempo con
aquellos ojos chiquitos como cuentas, vivos y negros, los
cuales pudieran recibirse de doctores en toda suerte de gui-
ños y coqueteos:

—¿Si usted quisiese…?

Él la miraba, sin acertar con lo que había de querer.
La Generala siguió:

—Es un favor que le pido.

—Usted no pide, manda como reina.

—Pues entonces vendrá usted a leerme un rato todos los días. El General se alegrará mucho cuando lo sepa.

Y puso su mano, donde brillaba la alianza de oro, sobre la mano del ayudante, y así le arrastró hasta el sofá, y le hizo sentar a su lado:

—Empiece usted. Aprovechemos el tiempo.

Sandoval fue lector de la Generala. ¡Y no sabía qué pensar del modo como la dama le trataba, el blondo ahijado de Apolo y Marte! La Casa Jimeno había momentos en que adoptaba para hablarle una corrección y formalidad excesivas, que contrastaban con la llaneza y confianza antiguas: En tales ocasiones, jamás, ni aun por descuido, le miraba a la cara. Aun cuando la idea de pasar plaza de tímido mortificaba atrozmente al ayudante, los cambios de humor que observaba en la señora manteníanle en los linderos de la prudencia. De las fragilidades de ciertas hembras algo se le alcanzaba; pero de las señoras, de las verdaderas señoras, estaba a oscuras completamente. Creía que para enamorar a una dama encopetada, lo primero que se necesitaba era un alarde varonil en forma de mostacho de mosquetero, o barba de capuchino, y de todo ello el ayudante estaba muy necesitado. Tantas fueron sus cavilaciones, que cayó en la flaqueza de oscurecerse, con tintes y menjurjes, el vello casi incoloro del incipiente bozo. Miróse en el espejo roto que tenía en el cuarto del hospedaje, hizo ademán de retorcerse los garabatos invisibles de un mostacho, y salió anhelando ser héroe en batallas de amor.

IV

Una tarde leían juntos las últimas páginas de la novela. Currita estaba cerca del ayudante, sentada en una silla baja. A veces sus rodillas rozaban las del lector, que se estremecía; pero cual si ninguno de los dos advirtiese aquel contacto permanecían largo rato con ellas unidas. La Generala escuchaba muy conmovida; de tiempo en tiempo su seno se alzaba para suspirar. Con ojos inmóviles y como anegados en llanto, contemplaba al sonrosado teniente, que sentía el peso de aquella mirada fija y poderosa como la de un sonámbulo, y seguía leyendo, sin atreverse a levantar la cabeza. Las últimas páginas del libro eran terriblemente dolorosas, exhalábase de ellas el perfume de unos sentimientos extraños, a la par pecaminosos y místicos. Era hondamente sugestivo aquel sacrificio de la heroína, aquella su compasión impúdica, pagana como diosa desnuda. ¡Aquella renunciación de sí misma, que la arrastraba hasta dar su hermosura de limosna y sacrificarse en aras de la pasión y del pecado de otro! La Generala, con las rodillas unidas a las del ayudante y la garganta seca, escuchaba conmovida la novela del anciano dandy. Sandoval, con voz a cada instante más velada, leía aquella página que dice:

«La Condesa Iseult halló todavía fuerzas para murmurar: Pues bien: Si reviviese, esta piedad, dos veces maldita, inútil para aquellos en quien fue empleada y vacía del más simple deber para los que la han sentido, esta piedad no me abandonaría, y volvería a seguir sus impulsos a riesgo de volver a incurrir en mi desprecio. Si Dios me dijese: He ahí el fin que ignoras, y en su misericordia infinita pusiese al alcance de mi mano el conseguirlo, yo no le escucharía y precipitaríame como una loca en esa piedad, que no es siquiera una virtud y que, sin embargo, es la única que yo he tenido...»

La Generala, sin ser dueña de sí por más tiempo, empezó a sollozar con esa explosión de cristales rotos que tienen las lágrimas en las mujeres nerviosas:

—¡Qué criatura tan rara esa Condesa Iseult! ¿Habrá mujeres así?

El ayudante, conmovido por la lectura, y animado, casi irritado, por el contacto de las rodillas de la Generala, contestó:

—¡Qué! ¿Usted no sería capaz de hacer lo que ella hizo al darse por compasión?

Y sus ojos bayos, transparentes como topacios quemados, tuvieron el mirar insistente, osado y magnético del celo. La Generala púsose muy seria, y contestó con la dignidad reposada de una de aquellas ricas hembras castellanas que criaron a sus pechos los más gloriosos jayanes de la historia:

—Yo, señor ayudante, no puedo ponerme en ese caso. La principal compasión en una mujer casada, debe ser para su marido.

Sandoval calla, arrepentido de su atrevimiento. ¡La Generala era una virtud! Alrededor de su cuello, en vez de los encajes que adornaban la tunicela azul celeste, veía el alférez, con los ojos de la imaginación, tres entorchados sugestivos, inflexibles, imponiendo el respeto a la ordenanza. Después de un momento, todavía con sombra de enojo, Currita se volvió al ayudante:

—¿Quiere usted seguir leyendo, señor Sandoval?

Y él, sin osar mirarla:

—Se impresiona usted mucho. ¿No sería mejor dejarlo?

La Generala, suspirando, se pasó el pañuelo por los ojos:

—Casi tiene usted razón.

Ellos se miraron en silencio. De pronto, Currita, con la impresionabilidad infantil de tantas mujeres, lanzó una carcajada:

—¡Cómo le han crecido a usted los bigotes! ¡Pero si se los ha teñido!

Sandoval, un poco avergonzado, reía también.

—¡Me dará usted la receta para cuando tenga canas!

La Generala mordía el pañuelo. Luego, adoptando un aire de señora formal que le caía muy graciosamente, exclamó:

—Eso, hijo mío, es una... Vamos, no quiero decirle lo que es... Pero ya verá cómo en el pecado se lleva la penitencia.

Salió velozmente, para volver a poco con una aljofaina, que dejó sobre el primer mueble que halló a mano:

—Venga usted aquí, caballerito.

Era muy divertida aquella comedia, en la cual él hacía de rapaz y ella de abuela regañona. Currita se levantó las mangas para no mojarse, y empezó a lavar los labios al presumido ayudante, quien no pudo menos de besar las manos blancas que tan lindamente le refregaban la jeta:

—¡Formalidad, niño!

Y le dio en la mejilla un golpecito que quedó dudoso entre bofetada y caricia. Se enjugó Sandoval atropelladamente, y asiendo otra vez las manos de la Generala, cubriólas de besos. Ella gritaba:

—¡Déjeme usted! ¡Nunca lo creería!

Sus ojos se encontraron, sus labios se buscaron golosos y se unieron con un beso:

—¡Mi vida!

—¡Payaso!

Los tres entorchados ya no le inspiraban más respeto que unos galones de cabo. Desde fuera dieron dos golpecitos discretos en la puerta. Sandoval, mordiendo la orejita menuda y sonrosada de la Generala, murmuró:

—No contestes, alma mía...

Los golpes se repitieron más fuerte:

—¡Curra! ¡Curra! ¿Qué es esto? ¡Abre!

A la Generala tocóle suspirar:

—¡Dios Santo...! ¡Mi marido!

Los golpes eran ya furiosos.

—¡Curra! ¡Sandoval!... ¡Abran ustedes o tiro la puerta abajo!

Y a todo esto los porrazos iban en aumento. Currita se retorcía las manos. De pronto, corrió a la puerta, y dijo hablando a través de la cerradura, contraído el rostro por la angustia, pero procurando que la voz apareciese alegre:

—¡Mi General, es que se ha soltado el canario! Si abrimos se escapa con toda seguridad... Ahora lo alcanza Sandoval.

Cuando la puerta fue abierta, el ayudante aún permanecía en pie sobre una silla, debajo de la jaula, mientras el pájaro cantaba alegremente, balanceándose en la dorada anilla de su cárcel.

APÉNDICE

BREVE NOTICIA ACERCA DE MI ESTÉTICA CUANDO ESCRIBÍ ESTE LIBRO

He aquí un libro de juventud, un libro escrito en esa edad dichosa de sueños y de esperanzas. ¡Hoy esa edad se me aparece ya casi lejana! Al releer estas páginas, que después de tantos años tenía casi olvidadas, he sentido en ellas no sé qué alegre palpitar de vida, qué abrileña lozanía, qué gracioso borboteo de imágenes desusadas, ingenuas, atrevidas, detonantes. Yo confieso mi amor de otro tiempo por esta literatura: La amé tanto como aborrecí esa otra, timorata y prudente, de algunos antiguos jóvenes que nunca supieron ayuntar dos palabras por primera vez, y de quienes su ruta fué siempre la eterna ruta, trillada por todos los carneros de Panurgo. Como aquellos viejos é ignorantes doctores de Salamanca, ni siquiera osan presumir que haya tierras desconocidas, adonde se llegue surcando mares nunca navegados. Amparándose en la gloriosa tradición del siglo XVII, se juzgan grandes sólo porque imitan á los grandes, y presumen que hicieron como ellos el divino Lope y el humano Cervantes. Cuando algunos espíritus juveniles buscan nuevas orientaciones, revuélvense invocando rancios y estériles preceptos. Incapaces de comprender que la vida y el arte son una eterna renovación, tienen por herejía todo aquello que no hayan consagrado tres siglos de rutina. Predican el respeto para ser respetados, pero la juventud desoye sus clamores, y hace bien. La juventud debe ser arrogante, violenta, apasionada, iconoclasta.

No haya de entenderse por esto que proclamo yo la desaparición y muerte de las letras clásicas, y la hoguera para
sus libros inmortales, no. Han sido tantas veces mis maestros, que como á nobles y viejos progenitores los reveren-
cio. Estudio siempre en ellos y procuro imitarlos, pero
hasta ahora jamás se me ocurrió tenerlos por inviolables
é infalibles, acaso porque los buenos cristianos sólo reco-
nocemos como dogmática la doctrina de nuestro padre el
Sumo Romano Pontífice. Pero hay en el mundo muchos
desgraciados, víctimas del Demonio, que discuten las pa-
rábolas de Jesús, y no osan discutir ni las despreciables
comedias de Echegaray, ni los lamentables sonetos de
Grilo. Estas idolatrías han provocado la cólera divina. El
Señor derribó á los ídolos y maldijo á los sacerdotes se-
cándoles el seso y alargándoles las orejas, como á Nabu-
codonosor. Esa adulación por todo lo consagrado, esa ad-
miración por todo lo que tiene polvo de vejez, son siempre
una muestra de servidumbre intelectual, desgraciadamente
muy extendida en esta tierra. Sin embargo, tales respetos
han sido, en cierto modo, provechosos, porque sirvieron
para encender la furia iconoclasta que hoy posee á todas
las almas jóvenes. En el arte como en la vida, destruir es
crear. El anarquismo es siempre un anhelo de regeneración, y, entre nosotros, la única regeneración posible.

Yo he preferido luchar para hacerme un estilo personal, á buscarlo hecho, imitando á los escritores del
siglo XVII. Leyendo á los antiguos aprendí dónde se hur-
tan esos postizos clásicos con que disfrazan su miseria literaria todos los desventurados que van á segar en los fér-
tiles campos de Cervantes y de Quevedo, como los villanos
gallegos van á las Castillas para segar espigas en el campo
del rico, pero hallo mejor hacerme un huerto y trabajar
en él, solo y voluntarioso. De esta manera hice mi profe-
sión de fe modernista: Buscarme en mí mismo y no en los

otros. Porque esa escuela literaria tan combatida no es otra cosa. Si han caído sobre ella toda suerte de anatemas, es tan sólo porque le falta la tradición. Las obras que los críticos admiten sin protesta, y que todos los hombres admiran, son aquellas que cuentan cientos de años, y que nadie examina, porque ya tienen la sanción universal.

Si en literatura existe algo que pueda recibir el nombre de modernismo, es, ciertamente, un vivo anhelo de personalidad, y por eso sin duda advertimos en los escritores jóvenes más empeño por expresar sensaciones que ideas. Las ideas jamás han sido patrimonio exclusivo de un hombre, y las sensaciones sí. Las ideas están en el ambiente intelectual, tienen su órbita de desarrollo, y el escritor lo más que alcanza es á perpetuarlas por el hálito de personalidad ó por la belleza de expresión. Ocurre casi siempre que cuando un nuevo torrente de ideas y de sentimientos transforma las almas, las obras del arte á que da origen son bárbaras y potentes en el primer período, serenas y armónicas en el segundo, decadentes y artificiosas en el tercero. Podrá, aislada, la personalidad de un poeta adelantar ó retroceder en la evolución, pero la obra literaria en general sigue su órbita con absoluto fatalismo, hasta que germinan nuevas ideas ó se forman nuevos idiomas.

Por todo esto no puede afirmarse, sin notoria injusticia, que sean las contorsiones gramaticales y retóricas achaque exclusivo de algunos escritores llamados «modernistas». En todas las literaturas —si no en todos los tiempos— hubo espíritus culteranos, y todos nuestros poetas decadentes y simbolistas de hoy, tienen en lo antiguo quien les aventaje. Que yo sepa, no ha llegado nadie entre los vivos á las extravagancias del jesuíta Gracián, ya citado á este propósito por Don Juan Valera. Gracián, en su poema «Las selvas del Año», nos presenta al sol como picador ó caballero en plaza, que torea y rejonea al Toro Celeste, aplaudiendo sus suertes las estrellas, que son las damas que miran la corrida desde los palcos ó balcones. El sol se convierte luego en gallo,

> Con talones de pluma
> Y con cresta de fuego,

y las estrellas, convertidas en gallinas son presididas por el sol,

> Entre los pollos del Tindario huevo;

lo cual significa que el sol llega al signo de los Gemelos,

> Pues la gran Leda, por traición divina,
> Empolló clueca y concibió gallina.

Si en la literatura actual existe algo nuevo que pueda recibir con justicia el nombre de «modernismo», no son, seguramente, las extravagancias gramaticales y retóricas, como creen algunos críticos candorosos, tal vez porque esta palabra, «modernismo», como todas las que son muy repetidas, ha llegado á tener una significación tan amplia como dudosa. Por eso no creo que huelgue fijar, en cierto modo, lo que ella indica ó puede indicar. La condición característica de todo el arte moderno, y muy particularmente de la literatura, es una tendencia á refinar las sensaciones y acrecentarlas en el número y en la intensidad. Hay poetas que sueñan con dar á sus estrofas el ritmo de la danza, la melodía de la música y la majestad de la estatua. Teófilo Gautier, autor de la «Sinfonía en blanco mayor», afirma en el prefacio á las «Flores del mal» que el estilo de Tertuliano tiene el negro esplendor del ébano. Según Gautier, las palabras alcanzan por el sonido un valor que los diccionarios no pueden determinar. Por el sonido, unas palabras son como diamantes, otras fosforecen, otras flotan como una neblina. Cuando Gautier habla de Baudelaire, dice que ha sabido recoger en sus estrofas la leve esfumación que está indecisa entre el sonido y el color; aquellos pensamientos que semejan motivos de arabescos y temas de frases musicales. El mismo Baudelaire dice que su alma goza con los perfumes, como otras almas gozan con la música. Para este poeta, los aromas no solamente equivalen al sonido, sino también al color.

> Il est des parfums frais comme des chairs d'enfants,
> Douces comme les hauts bois, verts comme les prairies.

Pero si Baudelaire habla de perfumes verdes, Carducci ha llamado verde al silencio, y Gabriel d'Annunzio ha dicho con hermoso ritmo:

> Canta la nota verde d'un bel limone inflore.

Hay quien considera como extravagancias todas las imágenes de esta índole, cuando, en realidad, no son otra cosa que una consecuencia lógica de la evolución progresiva de los sentidos. Hoy percibimos gradaciones de color, gradaciones de sonidos y relaciones lejanas entre las cosas, que hace algunos cientos de años no fueron seguramente percibidas por nuestros antepasados. En los idiomas primitivos apenas existen vocablos para dar idea del color. En vascuence el pelo de algunas vacas y el color del cielo se indican con la misma palabra: «Artuña». Y sabido es que la pobreza de vocablos es siempre resultado de la pobreza de sensaciones.

Existen hoy artistas que pretenden encontrar una extraña correspondencia entre el sonido y el color. De este nú-

mero ha sido el gran poeta Arturo Rimbaud, que definió
el color de las vocales en un célebre soneto:

> A-noir, E-bleu, I-rouge, U-vert, O-jaune.

Y más modernamente Renato Ghil, que en otro soneto
asigna á las vocales, no solamente color, sino también,
valor orquestal.

> A. claironne vainqueur en rouge flamboiement.

Esta analogía y equivalencia de las sensaciones es lo que
constituye el «modernismo» en literatura. Su origen debe
buscarse en el desenvolvimiento progresivo de los sentidos, que tienden á multiplicar sus diferentes percepciones
y corresponderlas entre sí, formando un solo sentido,
como uno solo formaban ya para Baudelaire:

> Oh! Métamorphose mytique
> De tous mes sens fondus en un:
> Son heleine fait la musique,
> Comme sa voix fait le parfum.

Las historias que hallaréis en este libro tienen ese aire
que los críticos españoles suelen llamar decadente, sin duda
porque no es la sensibilidad de los jayanes. A ese gesto
un poco desusado debieron su mala ventura, cuando por
primera vez quise hacerlas conocer. Si exceptuáis «Eulalia», todas ellas fueron condenadas á la hoguera, en alguna de esas Redacciones donde toda necedad tiene su asiento. Y quiero recordarla ahora como enseñanza que os sirva
de aliento á vosotros, jóvenes amigos, los que sufrís
desengaños en este pícaro mundo de las bellas letras.

V-I.

Aranjuez. Agosto de 1903.

GLOSARIO

Abelardo, pág. 48: Filósofo, teólogo y poeta (1079-1142), que, tras casarse secretamente con su alumna Eloísa, fue castrado por orden del tío de ésta. Eloísa entró en un convento, así como Abelardo, y mantuvieron una larga relación epistolar.

Aculadas, pág. 126: En las versiones más antiguas de este texto aparece la forma *aculotadas.* Valle-Inclán usa este galicismo —del francés *culotter,* curar, quemar, ennegrecer— en varias ocasiones y con diversas formas («aculadas», «aculotadas»). Así en *Sonata de estío,* 1933, pág. 152: «Grumetes que parecen aculados en largas navegaciones.»

Agros del Priorato, págs. 73, 86: No es posible situar geográficamente este topónimo.

Alcanzara, pág. 134; **sospechara,** pág. 143; **trazara,** pág. 146; **entrara,** pág. 160: Uso del imp. de subjuntivo con valor de pluscuamperfecto de indicativo. No es raro encontrar este uso en las obras del autor, por ejemplo: «Sensación que experimentara otras veces.» *El resplandor de la hoguera,* 1920, pág. 147, o en *Sonata de otoño,* 1933, pág. 37: «En el fondo estaban los vestidos que Concha llevara puestos aquel día.»

Alférez, pág. 166: Curiosamente el grado del ayudante es de teniente, y así se le menciona: «Era un teniente bonito (...) sonrosado teniente» (pág. 154). La confusión se debe, probablemente, a que en la versión de *Femeninas* el grado era de alférez, y Valle-Inclán olvidó corregirlo en posteriores ediciones.

Alfonso, pág. 48: Aunque la referencia no es muy clara, dado el tipo de amantes que le propone, puede suponerse que sea el rey Alfonso XII, quien tenía fama de mujeriego.

Anciano dandy, pág. 165: Referencia a Barbey d'Aurevilly, quien entre sus obras escribió *Du dandysme et de G. Brummel.*

Año Cristiano, pág. 152: «La Biblioteca Enciclopédica Popular Ilustrada acaba de dar a luz el volumen 30, que es del mes de abril del *Año Cristiano,* novísima versión castellana de la obra del P. Juan Croisset...» *(Veinticuatro Diarios,* tomo I, Madrid, CSIC, 1968). El autor probablemente se refiere a esta publicación, a la que menciona en otros textos, por ejemplo, en la *Sonata de otoño,* 1902, pág. 70: «las estampas del Año Cristiano».

Aretino, pág. 94: Pietro Aretino (1492-1556), poeta, escritor y autor dramático muy celebrado en su época. El autor hace una referencia indirecta a su obra *Sonetti Lussuriosi.*

Avizorados, pág. 87: Valle-Inclán lo usa con el valor de «alertarse, ponerse al acecho». Así, por ejemplo, en *Sonata de otoño,* 1913, pág. 226: «Descendía avizorado un milano.»

Baudelaire, págs. 175, 176: El autor cita el primer terceto del poema de C. Baudelaire (1821-1867) *Correspondances* de *Les fleurs du mal* (1857), pero la cita correcta sería: «Il est des parfums frais comme des chairs d'enfants/Doux comme les hautbois, verts comme les prairies.» El siguiente poema de este autor es la estrofa final de *Tout entiere,* también de *Les fleurs du mal,* pero contiene errores probablemente debidos a la composición: «O métamorphose mystique/De tous mes sens fondus en un!/Son haleine fai la musique.»

Bécquer, pág. 43: Gustavo Adolfo Bécquer (1836-1870), poeta, dramaturgo y pintor.

Belino, Andrés, pág. 55: No he encontrado referencias de este compositor. Tal vez sea una confusión del autor y aluda al compositor italiano Vicenzo Bellini (1801-1835), cuya música fue muy popular en España.

Bella Cardinal, La, pág. 55: No he encontrado referencias a este personaje, probablemente una bailarina de la época.

Bella Otero, La: V. **Otero, Carolina.**

Benvenuto, pág. 94: Benvenuto Cellini (1500-1571), orfebre, escultor y escritor renacentista.

Cabal, pág. 35: En lenguaje coloquial como forma de asentimiento. Así, en *Divinas palabras,* 1920, II, 3, pág. 125: «¿Habla usted del cotejo del ojo biroque?/.—Cabal.»

Caldeña, pág. 71: Topónimo sin localización geográfica.

Calvo, Rafael, pág. 43: Rafael Calvo y Revilla (1842-1888), famoso actor. Amigo del dramaturgo Echegaray; estrenó varias de sus obras.

Cancela, págs. 67, 71, 73, 86: El autor usa esta palabra con su sentido en gallego, o sea, puerta pequeña colocada para abrir o cerrar el paso a un campo, un camino...

Carducci, pág. 175: Giosué Carducci (1835-1907), poeta italiano. Recibió el premio Nobel de Literatura en 1906.

Cela, pág. 71: Topónimo muy usado por Valle-Inclán, también como apellido, y que tiene varias localizaciones geográficas.

Clown, pág. 47: Anglicismo. V. Pratt, C.

Clubmanes, pág. 33: Es un anglicismo cuyo significado equivale al de «clubista» según la definición del *Diccionario de la Real Academia* (DRAE): «Socio de un club o círculo» (V. Pratt, C.I.: *El anglicismo en el español peninsular contemporáneo,* Madrid, 1980).

Cocotas, pág. 161: del francés *coccote,* mujer de vida alegre.

Colombina, págs. 33, 55, 112: Compañera de Arlequín en la Comedia del Arte italiana; a veces es su amante, a veces su esposa. Es un tema frecuente en los disfraces de Carnaval.

Conozco, pág. 64: Frecuente en la lengua gallega es la contestación repitiendo el verbo de la pregunta. Así, en *Flor de santidad,* 1920, Tercera Estancia, cap. III, pág. 115: «¿Y acudió?/Acudió.»

Coronar, pág. 41; **poner otra corona,** pág. 56: Forma popular frecuente en Valle-Inclán con el sentido de «poner los cuernos», «hacer cornudo a alguien». Así, *Martes de Carnaval, Los cuernos de Don Friolera,* 1930, I, pág. 117: «Y era público que su esposa le coronaba.»

Dalicam, págs. 54, 54, 55, 56, 57: Topónimo probablemente creado por el autor.

Dalila, pág. 105: Como evidencia el autor con el adjetivo «bíblico» se refiere a la conocida cortesana Dalila, que descubrió el secreto de Sansón y le entregó a los filisteos.

Dannunzio, pág. 175: Gabriele d'Annunzio (1863-1938).

Dar el ole, págs. 46, 53: La expresión «el ole», «ser de ole», equivale a extraordinario, de primera (Seco, M.: *Arniches y el habla de Madrid,* Madrid, 1970).

Daudet, pág. 161: Alphonse Daudet (1840-1897), autor muy conocido por obras como *Cartas desde mi molino* o *Las prodigiosas aventuras de Tartarín de Tarascón.*

Dislocante, pág. 34: En el habla madrileña el verbo dislocar aparece con el valor de «entusiasmar, hacer enloquecer» (Seco, M.: Arniches y el habla de Madrid, Madrid, 1970).

Divina comedia, pág. 104: Obra cumbre del autor italiano Dante Alighieri (1265-1321).

Dorevillesca, pág. 93: Término creado sobre el apellido d'Aurevilly, indicando algo en el estilo del autor francés. Antes lo había usado el periodista pontevedrés Torcuato Ulloa al reseñar *Femeninas* en el *Diario de Pontevedra,* 4 de mayo de 1895.

Duque de Médicis, pág. 94: Lorenzo de Médicis (1569-1492), conocido como «el Magnífico».

Duquesa de la Fronda, pág. 40: Los disturbios civiles ocurridos en Francia entre 1648 y 1653 recibieron el nombre de la Fronda, y fueron un intento, de parte de la nobleza y del Parlamento, de limitar el poder real. Valle-Inclán emplea este término en otras ocasiones, por ejemplo, en el *Preludio* de *La Marquesa Rosalinda,* 1924, pág. 15: «La furtiva silueta blonda/Argenta la celeste hoz/Finge marquesa de la Fronda/cubierta de polvos de arroz.»

Echegaray, págs. 42, 43, 49, 51: José Echegaray (1832-1916), uno de los más famosos dramaturgos de fin de siglo. Recibió el premio Nobel en 1904.

Entrara, pág. 160: V. **Alcanzara.**

Entre mí, pág. 68: Con el sentido de «dentro de mí, en mi interior» *(DRAE).* Así, en *Jardín umbrío,* 1920, *Beatriz,* cap. VI, pág. 75: «Díjeme entonces entre mí: Vamos a palacio...»

Espartero, Manolo, pág. 35: Manuel García Cuesta, «Espartero» (1865-1894), famoso matador de toros sevillano que murió cogido en la plaza de Madrid.

Fausto, págs. 33, 55: El doctor Fausto, nigromántico y charlatán, ha pasado a la leyenda como el hombre que vende su alma al Diablo. Aquí el autor hace, evidentemente, referencia a alguien disfrazado como tal.

Firmar los pasaportes, pág. 53: Normalmente la frase está recogida como «dar pasaporte», con el sentido de despedir a alguien, librarse de la persona en cuestión, y también de matar. Así lo emplea Valle-Inclán, pero en este caso es claro el sentido de despedir.

Gautier, págs. 174, 175: Teóphile Gautier (1811-1872) expresa ideas semejantes a las citadas por el autor en el *Prólogo* de *Les fleurs du mal,* París, 1888, págs. 1-75.

Germinal, pág. 161: Novela de Émile Zola que además dio nombre a una importante revista literaria española.

Ghil, pág. 176: Renato Ghil (1862-1925), poeta simbolista francés que intentó elaborar una concepción científica de la poesía.

Gioconda, págs. 99, 104, 108, 113: Referencia al célebre cuadro de Leonardo da Vinci, cuya enigmática sonrisa es el motivo que emplea el autor en la narración.

Gondar, págs. 69, 71: Topónimo gallego frecuente en las obras de don Ramón.

Gracián, pág. 173: El poema que cita de Baltasar Gracián (1601-1658), *Selvas del año,* no es de este autor, al que generalmente se le atribuía, sino de Matías Ginovés, como ha demostrado José María Blecua (V. Gracián, Baltasar: *Obras completas,* Madrid, 1944).

Gracias, pág. 52: Diosas mitológicas de la gracia y personificación de lo que hay de más seductor en la belleza humana. Eran tres: Eufrosine (la Gozosa), Talía (la Floreciente) y Aglaya (la Resplandeciente) (Pérez-Rioja, J. A.: *Diccionario de Símbolos y Mitos,* Madrid, 1980).

Grilo, pág. 172: Antonio Fernández Grilo (1884-1906). Prolífico poeta colaborador habitual de los más importantes periódicos (Ossorio y Bernard, M.: *Ensayo de un catálogo de periodistas españoles del siglo XIX,* Madrid, 1903).

Horacio, pág. 94: Quinto Horacio Flaco (65 a.C.-8 a.C.), célebre poeta latino bajo el emperador Augusto.

Infanzona, pág. 100: Valle-Inclán suele emplear este término como adjetivo. Así, en *Águila de blasón,* 1907, IV, 8, pág. 245: «Un salón en la casa infanzona.»

Jack, pág. 161: Novela de A. Daudet publicada en 1876, en la que narra la historia de un muchacho ilegítimo, Jack.

Jardín de Boboli, pág. 94: Jardines de estilo manierista adjuntos al palacio Pitti, en Florencia, cuya construcción comenzó en 1550 por el gran duque Cósimo I.

Kilakua, pág. 53: Topónimo de resonancias orientales inventado por el autor.

Lengua visigoda, pág. 63: Es frecuente que Valle-Inclán recurra a adjetivos como éste para referirse a la lengua gallega. Así, por ejemplo, en *Flor de santidad,* 1920, Primera Estancia, cap. II, pág. 21: «romance arcaico, casi visigodo», o en *Sonata de otoño,* 1933, pág. 72: «Fabla visigótica».

Lo que no muere, pág. 161: *Ce qui ne meurt pas* (1884), obra del escritor francés Barbey d'Aurevilly.

López Bago, págs. 161, 161: Eduardo López Bago (¿1855?-1931), novelista que intenta combinar la imitación de Zola con un humanitarismo de corte sentimental a lo Eugéne Sue y Víctor Hugo *(Diccionario de Literatura Española e Hispanoamericana,* Madrid, 1993).

Lucrecia, pág. 40: Dama romana que, tras haber sido violada por Tarquino el Soberbio, se dio muerte en presencia de su padre y su esposo. Es considerada símbolo de la dignidad femenina.

Madama Soponcio, pág. 53: No he encontrado referencias a este personaje.

Manolo el Espartero, pág. 35: V. **Espartero.**

Margarita, pág. 46: Referencia al personaje de la obra de Zorrilla *Margarita la Tornera.*

Menjurjes, pág. 163: Es una forma aceptada por el *DRAE* junto con la más usual de «mejunjes».

Mía fe, pág. 69: Arcaísmo por «a fe mía» *(DRAE).* Así, en *El Marqués de Bradomín,* 1907, Jornada I, pág. 46: «Mía fe que os tuve por indianos.»

Miss, pág. 159: Anglicismo. Título para designar a una mujer soltera.

Molino Rojo, El, pág. 52: Le Moulin Rouge, célebre local parisino abierto en 1889, y para el que dos años después Toulouse Loutrec diseñó su primer cartel.

Nadar, pág. 57: Seudónimo de Gaspard-Felix Tournachon

(1820-1910), escritor, caricaturista y fotógrafo francés, famoso sobre todo por su arte fotográfico y al que se reputaba, en el siglo pasado, como uno de los mejores.

No tal, pág. 112: La construcción gallega «non tal» indica una negación reforzada, con el sentido de «de ninguna manera», «de ningún modo». Valle-Inclán emplea este galleguismo en otras ocasiones. Así, en la *Sonata de otoño,* 1933, pág. 36: «¡Qué locuras se te ocurren!/No tal.»

Otelo, pág. 95: Protagonista de la obra de W. Shakespeare, *Otelo, el moro de Venecia,* que movido por los celos asesina a su mujer.

Otero, Carolina, págs. 43, 55: Agustina Otero (1868-1965), célebre bailarina a la que se le achacaban todo tipo de escándalos. También se la menciona en *Divinas palabras,* 1920, II, 3, pág. 127: «La Carolina Otero (…) la propia que se acuesta con el rey de los franceses.»

Panurgo, pág. 171: Personaje literario creado por el autor francés F. Rabelais (1483-1553) en *Pantagruel.* El episodio en cuestión narra cómo Panurgo, ofendido durante una travesía en barco por un comerciante de ganado, le compra un carnero y, para vengarse, lo arroja al mar, logrando así que todo el rebaño le siga y se ahogue. La expresión en francés es proverbial para indicar imitación ciega.

Pierrot, págs. 33, 55: Otro conocido personaje de la Comedia del Arte; normalmente aparece vestido con holgadas ropas blancas y grandes botones negros.

Pompadour, La señora de, págs. 33, 55: Jean Antoinette Poison, marquesa de Pompadour (1721-1764), fue la amante del rey Luis XV y un mecenas sobresaliente.

Poner el Mingo, pág. 37: «Sobresalir entre todos los demás, en cualquier cosa» (Moliner, María: *Diccionario de Uso del Español,* Madrid, 1973).

Poner otra corona, pág. 56: V. **Coronar.**

Por entre, pág. 86: El autor emplea esta construcción entre otras ocasiones. Así, en *Viva mi dueño,* 1928, pág. 296: «La Seráfica Madre, saca por entre el misterio de sus velos, un papel», o en la *Sonata de otoño,* 1933, pág. 145: «El potro, rompiendo por entre ellas.»

Por veces, págs. 68, 69: Arcaísmo por «a veces» *(DRAE).* Así, en *Los cruzados de la causa,* 1920, pág. 137: «por veces, una voz muy temerosa clama».

Reina, mi reina, págs. 67, 85, 85, 87: El autor adapta al castellano el afectivo gallego «miña raíña», frase usada como muestra de cariño. También María Moliner, *Diccionario de Uso del Español,* señala que se emplea para designar afectivamente a una mujer y particularmente a una niña.

Rimbaud, pág. 176: La cita del soneto *Voyelles,* de Rimbaud (1851-1891), es errónea. El primer verso de este soneto reza: «A noir, E blanc, I rouge, U vert, O bleu: voyelles/.»

Romeo, pág. 48: Célebre personaje de la tragedia de W. Shakespeare *Romeo y Julieta,* pareja a la que se considera como representante de los amores desgraciados y fatídicos.

Rosas de Alejandría, pág. 94: Variedad de rosa muy fragante, también llamada rosal de olor.

Rosas Pompadour, pág. 94: No he conseguido encontrar a qué variedad de rosa se refiere con este nombre. Aparece también en otros autores, por ejemplo, Rubén Darío lo emplea en el poema *Era un aire suave:* «¿Cuándo los alcázares llenó de fragancia/la regia y pomposa rosa Pompadour?», *Muy siglo XVIII,* Madrid, 1914, pág. 31.

Rostro A, pág. 70: Frecuente en Valle-Inclán con el sentido de «en dirección a», «frente a». Por ejemplo, en *Flor de santidad,* 1904, pág. 1: «Rostro a la venta adelantaba uno de esos peregrinos.»

Sabidora, pág. 77: Adjetivo desusado, «que sabe, sabedora» *(DRAE).* También puede ser forma gallega. Valle-Inclán lo emplea en otros textos, por ejemplo, en *Los cruzados de la causa,* 1920, pág. 136: «era sabidora como todas las viejas».

Sar Peladam, pág. 112: Seudónimo de Joseph Péladan (1859-1918), prolífico escritor de la época simbolista, rosacruciano. Varias de sus obras fueron prologadas por Barbey d'Aurevilly.

Soledades, pág. 46: Forma aceptada por el *DRAE* junto con la de «soleares» para indicar una tonada, copla y baile andaluz.

Sospechara, pág. 143: V. **Alcanzara.**

Tardecina, pág. 74: Del verbo *tardecer:* «Empezar a caer la tarde» *(DRAE).* También en *Claves líricas,* 1930, en el poema *Rosa deshojada:* «Alto y triste el cielo/viento tardecino.»

Tener seguido de participio, tengo mostrado, pág. 64; **tiene enredado,** pág. 70; **tenía cavilado,** pág. 80: El autor, por influencia de la lengua gallega, usa esta perífrasis del verbo tener seguido de un participio con el sentido de acción reiterada, repetida anteriormente. Por ejemplo, en *Sonata de estío,* 1933, pág. 153: «Tengo amado mucho.»

Tertuliano, pág. 174: Quinto Séptimo Florencio (160-240), escritor eclesiástico y doctor de la Iglesia.

Tierra caliente, pág. 94: Topónimo ficticio, y frecuente en su obra, con que el autor se refiere a Sudamérica, presente ya en obras muy tempranas. Por ejemplo, en el artículo *Páginas de tierra caliente*, publicado en 1893.

Trazara, pág. 146: V. **Alcanzara.**

Valera, pág. 173: Juan Valera (1824-1905), al comentar la *Biblioteca de Filosofía y Sociología* debida a la iniciativa de Bernardo Rodríguez Sierra, menciona «el delirio culterano al que llega Gracián en sus *Selvas del año,* sobrepujando a Góngora».

Vide, pág. 68: Arcaísmo por el indef. «vi». Así, en *Farsa italiana de la enamorada del rey,* 1920, pág. 15: «Cazando en el soto, le vide mas bello/que la rosa.»

Zola, pág. 161, 161: Émile Zola (1840-1902), novelista y crítico francés, fundador del movimiento naturalista en la literatura.

ÚLTIMOS TÍTULOS PUBLICADOS
EN COLECCIÓN AUSTRAL